The Great Clod

大　块

〔美〕加里·斯奈德　著　　吴越　郦青　译

人民文学出版社
PEOPLE'S LITERATURE PUBLISHING HOUSE

著作权合同登记号　图字 01-2018-2192

THE GREAT CLOD: NOTES AND MEMOIRS ON NATURE AND HISTORY
IN EAST ASIA By GARY SNYDER
Copyright © 2016 BY GARY SNYDER
This edition arranged with Counterpoint LLC
Through BIG APPLE AGENCY, INC., LABUAN, MALAYSIA.
Simplified Chinese edition copyright:
2018 SHANGHAI 99 READERS' CULTURE CO., LTD.
All rights reserved.

图书在版编目(CIP)数据

大块/(美)加里·斯奈德著;吴越,郦青译.—
北京:人民文学出版社,2018
(远行译丛)
ISBN 978-7-02-014493-8

Ⅰ.①大…　Ⅱ.①加…　②吴…　③郦…　Ⅲ.①随笔-
作品集-美国-现代　Ⅳ.①I712.65

中国版本图书馆 CIP 数据核字(2018)第 189885 号

出 品 人　黄育海
责任编辑　甘　慧　潘丽萍
封面设计　汪佳诗

出版发行　**人民文学出版社**
社　　址　北京市朝内大街 166 号
邮政编码　100705
网　　址　http://www.rw-cn.com
印　　刷　山东临沂新华印刷物流集团有限责任公司
经　　销　全国新华书店等
字　　数　74 千字
开　　本　890 毫米×1240 毫米　1/32
印　　张　4.5
插　　页　5
版　　次　2019 年 4 月北京第 1 版
印　　次　2019 年 4 月第 1 次印刷
书　　号　978-7-02-014493-8
定　　价　39.00 元

如有印装质量问题,请与本社图书销售中心调换。电话:010-65233595

目　录

献给伯顿·沃森

夫大块载我以形，劳我以生，佚我以老，息我以死，故善吾生者，乃所以善吾死也。

——《庄子·大宗师》

引　言

　　我久居日本内陆，直至一九六九年才搬回美国西海岸。做好充分的准备工作后，我便动身搬到了西部山林。一天午饭时，大卫·布劳尔突然建议我回日本看看，尤其是北海道，我感到有些惊讶。他在新成立的"地球岛协会"工作，希望我能写一篇文章，谈谈岛上的环境问题，以及岛上仅剩不多的原住民——阿伊努人。他提议我带一名摄影师同去，还说文章一经发表，将有助于加深人们对北海道的认识，并有可能帮助取消在札幌地区举办冬季奥运会①的计划。他真正的意图就是反对下届冬奥会在此举办的提议。

　　虽在日本住了十年多，我却从未到过北海道。我曾攀爬和徒步穿行在本州的高山中，也曾在北岸与南岛的活火山上留下

---

①　第十一届冬季奥运会于 1972 年 2 月 3 日至 13 日在日本札幌举行。这是冬奥会第一次在欧洲和美国以外的地区举办，也是亚洲举办的第一届奥运会。

足迹，但从未到过森林茂密的北部。我研究过原住民阿伊努人，对北海道棕熊也略知一二，它是北美洲灰熊的一个亚种。所有这些吸引我去探究更多，尽管我从没过多关注奥运会。

一九七一年，我带着书与工具，同家人搬进了刚在塞拉利昂北部建成的一所小房子里，合计着至少还得有几个月才启程去北海道，就接受了大卫·布劳尔的撰文提议。他安排我与摄影师弗朗兹·伯克见了面，我们制定了计划。布劳尔承诺支付机票及旅行费用，事成后还将付给我和伯克一小笔报酬。一回到塞拉利昂，我便开始投入工作，贮备冬日里要用的柴火，处理必要的家务。仔细研究地图后，我找到了一份金田一关于阿伊努人的口述文献。由于自己对棕熊情有独钟，其间还翻找了一些关于棕熊的资料。我们定在一九七二年的夏季动身去北海道。

一九七二年六月，承蒙斯图尔德·布兰德 ① 与《全球概览》杂志的好意，我有幸参加在斯德哥尔摩举行的联合国环境会议。同年七月，我直接前往东京与伯克会合。我们乘火车抵达札幌，租了一辆三菱四轮驱动越野车向内部进发。

但此书并非关于北海道的故事，若有，也只是后话。我们

---

① 斯图尔德·布兰德，《全球概览》杂志创始人。

一路跋山涉水，直到八月中旬才返回北美。伯克拍了不少照片。一晃数月，接着数年，之前收集的信息和有过的想法一直没有理出连贯的思路，那篇心心念念的文章也只字未落。我令布劳尔和伯克两人失望。我是散文写作新手，却想象自己能够成就一番伟业。

我还想到，倘若要写些关于北海道的内容，必然得先充分了解日本的环境史。为此，我得从两千五百多年前的中国历史入手。可我随即发现，关于中国环境史的资料屈指可数。我搜索了北加利福尼亚州的图书馆，竭力通过邮件订阅相关的学术文章。

后来，我和妻子马莎加入了一个美国作家群，他们在一九八四年受邀到中国内陆与作家和学生见面。大抵同一时期，我去了几趟日本，跟着几个反主流文化的日本友人学习了农业、渔业和木工手艺。当时，马克·埃尔文的旷世巨作《大象的撤退》，以及瓦科拉夫·斯米尔对当代中国环境问题的研究都已出版。我开始觉得，之前所有的研究和写作都为时已晚，资料不够齐全，无法使用。

小时候，我对大自然有着自己那种狂热、执拗的爱，也不知这种爱从何而来。孩童时代，奶牛牧场附近满是原始花旗松的树墩和普吉特海湾的西部铁杉林。陪伴我一起长大的是森林里巨大的树墩，细嫩翠绿的冷杉和香柏，密集的灌木林（如药鼠李树与藤蔓枫树），还有树莓果、俄勒冈葡萄、沙龙白珠树，以及当地野生黑莓与为数不多的野榛子树。我会时不时地爬上一棵巨大又古老的香柏树，这棵树就在奶牛场围栏外的不远处。曾有人问，你怎会成为一个万物有灵论者？我说，我想应该是受原始树林中灵性的感召，它们闲荡在老树墩上空，向我倾诉过往。无论如何，我对美国梦的走向心存疑虑。依我之见，美国梦似乎只为到处建更多的新房子。因此，我开始接受其他观念，譬如，非人类生物也应受道德尊重。接着，我在西雅图艺术博物馆接触到东亚的绘画作品。之后，我以大学本科生的身份，阅读了孔子、老子、庄子的作品（以及荷马史诗和希腊戏剧等）。我清楚地记得，当时我突然想到，中国和日本完全发展了的高度文明，使得他们与自然和平相处！多年来，这一想法从未改变。

在一次晚宴上，友人威尔·赫斯特问我，我年纪轻轻，为什么会对中国感兴趣。我不假思索地回答道："我很早就对东亚感兴趣了。不过是出于误解。"对话不断继续，而且进展很快，以至于没有人回头来问，所谓的"误解"指的是什么，但我没有忘记自己当时是这么回答的。这个回答同样也反映了我在日本生活的头几年里感到惊讶的原因。我渐渐发现这片土地已被过度开发，而人类对自然世界表达的那份茫然和无心却随处可见。小型针叶林与新近砍伐的山林交替出现；农场里没有一块土地是未经开发的；河岸边，随处可见扔在那儿的水泥砖与岩石块。我开始根据文献记载和报道，检测土地本身的真实状况。

说来也并没有什么特别之处。每个时间、每个地点都会诉说其想要倾听的故事。有首转折俳句这样写道："尽管身处京都……我仍心系京都。"

后来我到过韩国和中国台湾，以及中国大陆的黄河、长江流域，见识了各地使用土地的不同程度及其影响。还有几个近乎原始的小丛林和小树林隐藏其间。联想到曾经读过伯顿·沃森①翻译的《史记》，这是中国最伟大的史学家司马迁的作品，我突然领悟到了东亚人非比寻常的精力与动力。他们的艺术与诗歌，或者道家、儒家、佛教伦理，只是人性极为普遍正常的一小部分，他们依旧坚信自己是众多民族中最重要的那一个，注定要引领世界。如果说早期中国社会与自然思想家们确实思维清晰，那一定是因为他们早已预知到了未来的危险——人口过多及中央集权。

---

① 伯顿·沃森（1925—2017），美国汉学家、翻译家，哥伦比亚大学教授。

"我对中国感兴趣是出于误解。"也就是说，我之前以为自己踏入了一片高度文明之地，那里的人对脚下的土地及居于其上的生灵，存着敬畏之心，怀着谨慎之意。事实证明我错了。这让人纠结，又充满了质疑。

北海道之夏

有几年，我住在日本的旧都京都。我来学习佛教，却仍改不了到山林中散步的习惯，研究鸟类、兽类和植物的名称及生活习性。其间，我也了解了一些关于农民、木匠、渔民的情况，以及他们对这片土地和山河的态度。从他们那里，我感受到他们对脚下这片土地的深情，还有之前所受佛教教义的深刻影响。我不时地在神道① 神社中敬拜：在山脚下、瀑布边、河水交汇处、水流上游。这样做让我在日本更感受到了家的感觉。那是我生平头一次，把林中的杉木、雪松、扁柏和太平洋西北当地的松树林彼此联系在一起。除此之外，靠近日本土地和水域的神灵，徒增了我的困惑。我目睹了现代日本经济的高速发展，见证了人民生活不可思议的转变，以及由此带来的各种景观。我开始理解这个古老的文明所保持的地域归属感和对大自

---

　　① 神道，日本原始宗教，属于泛灵多神信仰（精灵崇拜），视自然界各种动植物为神祇。

然的崇敬之情，看着这一古老的文明转而难逃自我吞噬的命运。我的文学同行是东京的先锋派诗人与艺术家，他们既无心于自然，也不将佛陀教诲放在心上，可一谈及人类的剥削、齐唱高昂的民歌时，我们的思想便会擦出火花。京都寺内，与我一同冥想的年轻僧侣与世俗居士皆为颇有造诣的佛教学徒，也是早期日本古老风俗的真正承载者，然而，他们对自然的感受仅仅局限于日式庭院，丝毫不想谈论民众的过度开发。后因机缘巧合，我终于遇上一个人，可以和我谈论这些事情。他既不是僧人，也不是马克思主义者，而是个穷困潦倒的二战空军老兵。他穷其一生游走于山河、田野之间，与劳动人民为伍。

我俩很快意识到，我们提出的关于自然、人性与远东文明的问题已在全球范围内产生了影响。在此，我仅限于参照佛教教义、前佛教时期常见的"古老方式"、历史信息和我对自然世界的体验。在本书创作过程中，我的内心一直萦绕着一个问题——日本古老文明如何落得只求发展、唯利是图的地步？本书对此亦无解，但我试图从多元视角进行分析，谈一谈文明和我们自己。带着这个疑问，我在一个仲夏来到了札幌，一个拥有百万人口和宽阔笔直大街的城市，它位于日本最北端的北海道，骨子里仍留有些许野性。

近二十年前，我搭乘"有田丸"号轮船，第一次踏上去日本的旅途，用了两周时间穿越太平洋，看着黑足信天翁在船尾来回穿梭。在去神户海关的路上，我看到有辆卡车上全是海豹，它们被锁在笼中，摇晃着小脑袋。我感到空间逼仄：拥挤的窄轨通勤列车；轨道旁数以万计的小型砖瓦房；每隔二十分钟就有一班特快列车驶过，附近那一处处小菜园跟着一同晃动。生活在京都，我眼里的北海道是印在奶酪盒上的奶牛与筒仓。听说，北海道是一个亚北极荒野，我的日本朋友都说，"北海道挺像美国"。所以这么多年来我从未到过北海道。战后，威尔·彼得森作为一名士兵驻守在北方。威尔喜欢北方。他说，隆冬时节列车穿过一堵堵漂亮的雪墙，就像穿过隧道一样。

可如今正值夏季，北海道天气闷热。推开北海道政府办公大楼的旋转玻璃门，我踱步来到宽敞的大厅。办公大楼共十四层，两侧都配备了电梯。走过两道墙，再向右转个弯，映入眼帘的是一幅壁画。画长约八十英尺，石质浅浮雕，名为"北海道百年"。此类壁画往往始于一个原住民驾着小船在巨浪中航行，森林、鹿、早期的探险家相继出现，然后是一群男人手握斧头伐树砍桩，一群专家顾问骑马而来（碰巧画的是美国人），很快有了一个农业试验站、奶牛和羊、一所带钟楼的大学、一座城市、一家啤酒厂、一家纸浆厂、一列铁路列车，最后是一群人用气锤在爆破岩石。

一百年：自从日本最后进入北海道，宣布对其的主权后，便决定不再将这个占全国其他地区面积五分之一的岛屿交给猎人与渔民，而是让北海道以具有经济效益的方式"投入使用"。

穿过一楼大厅，横跨后街，往南走过一个街区，便是植物园的入口。我要在那儿与馆胁操博士见面。馆胁博士留着小胡子，面露微笑，步履蹒跚，身着吊带裤，是位高大英俊、慈眉善目、仪表堂堂的老人。他带我上楼，进入园内的木质办公楼。那是一处十九世纪半西式风格的建筑，楼梯发出嘎吱的响声，窗帘随风飘荡着，我们来到一间空荡荡的会议室，上面铺着过油的木地板。楼梯口的墙上挂着一幅油画，画中是一位身穿维多利亚时代高领的日本绅士。馆胁博士停下脚步，微微鞠了一躬。"宫部博士是我的植物学导师，"他开口道，"他师承阿萨·格雷①。"馆胁博士让人送茶水来。我打开两把折叠椅，将它们并排放在大桌子的一端。我向馆胁博士简单地表达了此番前来的目的。他向后靠了靠，叹了口气，看着我说："日本人有一种病态心理。观光病。他们旅行不是为了观赏或感受自然美景，而是盲目跟风。"博士跟我谈了许多本州主岛上山脉和森林的遭遇，语带悲伤。他说，北海道恐怕也在劫难逃。

---

① 阿萨·格雷（1810—1888），美国植物学家。

然后，我们在一个看起来有点原始的花园里散步。这个花园是城市中心原始植物群落的沼泽残余的一部分，还有高耸的原始桦树和榆树。"札幌"一词源自阿伊努语，意为"大平原"。

　　后来，我又在北海道大学馆胁博士的办公室见到他。办公室在农业学院大楼幽暗的水泥走廊旁。办公室内书盈四壁，卷帙浩繁，旁侧还放置着成箱的各式植物彩色幻灯片。赫尔滕、《北极植物志》、木原的三册关于尼泊尔的书、美国林务局出版的《美国树木地图集》、一本由上海商务印书馆出版的有关中国林业的旧书，还有俄语书籍……他还向我展示了一项著名的研究成果——《相模湾蟹类图谱》。该书由昭和天皇编纂，书内图片色彩丰富。馆胁博士以前的一个学生富山博士播放了幻灯片，他自己则用拉丁语写下灌木与植物的名字。"那些东京学者并不清楚北海道的实际状态，只想着北海道与西伯利亚和中国东北部相比邻……正好在温暖的日本与西伯利亚亚北极地区之间……"

　　十九岁那年，馆胁博士来到北方，希望能在这里研究库页岛及千岛群岛的植物。自那以后，他一直没有离开。浏览书架时，我发现了馆胁博士一本出版于二十年代末期的诗集。诗集收录的是和歌，由三十一个音节组成，比俳句多两行。馆胁博士将该诗集命名为"山"，其中有一首描写了一支移民到北海道的西伯利亚族群，人们称之为吉利亚克人^①：

　　　　吉利亚克人的苦难

　　　　与吉利亚克人——难明众人苦，

　　　　今夕众人笑

---

① 吉利亚克人，俄罗斯西伯利亚东部民族，住在俄罗斯阿穆尔河河口
　地区和附近的萨哈林岛。

其视下苍苍

远东印象

《谐》之言曰："鹏之徙于南冥也，水击三千里，抟扶摇而上者九万里，去以六月息者也。"野马也，尘埃也，生物之以息相吹也。天之苍苍，其正色邪？其远而无所至极邪？其视下也，亦若是则已矣。

　　　　　　　　　　　　　　　　　——《庄子·逍遥游》

　　据我猜测，馆胁博士在库页岛上偶遇过吉利亚克人，或在北海道网走市的小殖民地遇到过，我从来没有问过他。这一世界的角落，这一居住地，人类又一栖身之所。中国东北部、西伯利亚海边、中国北方流域、库页岛、临近堪察加半岛尽头的千岛群岛、日本所有岛屿及琉球群岛。根据地图上的经纬线，该区域大致在纬度二十五度到五十度、经度一百一十度到一百六十度这个区间。它的地理位置比人们印象中要更往南些，与俄勒冈州纬度相近。琉球群岛将把你带到墨西哥和孟买。若穿过地球，你会发现自己身处里约大海脊与阿根廷盆地附近，南大西洋的尾部，乌拉圭和阿根廷的东部。

日语里的"天气"意为来自上天的精神、呼吸与能量。在这片区域，天上总有云雾不停游走，几乎望不到星辰。去亚洲前，我听说日本天气与美国西北部相似。去了才发现，太平洋西北部与美国西北部天气差异较大，最明显的是夏季降雨：六月气候温和，细雨绵绵；到了七八月，气温急剧下降，多有暴雨；到了九月，台风带着雨水呼啸来袭。夏季降雨有利于水稻、竹子与不同林地的生长，但也意味着对草地生长不利。一到春季，野草与蔓藤便会肆意疯长，导致天然牧草地严重匮乏，只有日本北部山区与北海道东南部才有。

海洋与陆地两股力量在亚洲海岸和这些岛屿上旋转、角力——这是冷与热、干与湿之间的阴阳舞蹈。在冬季的那几个月里，以贝加尔湖为中心的寒冷极地大陆气团（西伯利亚气团）将干燥的寒风吹向海洋，导致日本岛西侧降温、乌云密布、大雪纷飞。春末，从鄂霍次克海来的潮湿空气带来了淅淅沥沥的梅雨，书本发霉，缝纫机锈迹斑斑，烟草受潮。在夏季剩余的大部分时间里，来自太平洋的小笠原气团往西北方向流动，沿着热带大陆锋面①滑行，到八月底与九月迎来台风肆虐期。北海道的梅雨期短，台风也不算常见，冬天更冷。北海道虽位于欧亚大陆东部，在欧洲大部分地区的南面，气候却与加拿大的沿海省份、新英格兰相近。

整体而言，日本不像美国东南部频发暴雨，可一遇暴雨天气便来势凶猛，尤其是冬季的风暴。世界上所有闪电中，大约只有百分之一属于超强闪电，它能在千分之一秒内释放出一万亿瓦特的可见能量。日本的冬季风暴可观测到的超强闪电，远远超过地球上其他地区，简直是巨龙群舞。

自下而上也彰显着能量与张力。这些岛屿从深海中升起，海深约七英里（太平洋平均深度为二点五英里）。东面的拉玛波海沟深三万四千四百四十八英尺。即便是日本与欧亚大陆间的日本海，也有超过一万英尺深的地方。据记载，五百座火山发生过六十次火山喷发。北海道中心地段有一处连绵起伏的山脉，名为大雪山，是三个山弧的节点：一个节点由库页岛往下，一个为千岛群岛的锚定点，一个则在本州山区与南部地区相连处。

在这些岛屿周围，沿着亚洲海岸，一个洋流系统正在运转。黑潮暖流（又名黑潮）从中国台湾附近向北流动，一分为

---

① 锋面，温度、湿度等物理性质不同的两种气团（冷气团、暖气团）的交界面，或称过渡带。

二，其中位于西部的对马暖流，向北流经日本海，向东流经本州与北海道之间的津轻海峡。两支暖流在北纬约三十八度的地方，与从东北方向向下移动的千岛寒流（又名堪察加寒流）相遇，后者沉入暖流下方，并在海底继续蜿蜒前行。黑潮暖流呈靛蓝色，含盐量高，透明度大，营养成分不高。湍急的暖流带来了金枪鱼与鲣鱼。鲣鱼喜欢待在透明度高达二十米、水温高于十八摄氏度的水域。在黑潮暖流里，还能发现日本鳀鱼与太平洋沙丁鱼。千岛寒流富含磷酸盐，水中充满了浮游生物，呈蓝绿色。寒流给北海道东部与本州海岸带来了浓雾和清凉的夏季。太平洋鲱鱼、太平洋鳕鱼、马苏鲑鱼，尤其是鲭鱼派克，都随寒流前来。洋流交汇处在本州岛东北海岸的金华山岛附近。那里是一个鱼类丰富的渔场，远近闻名。

日本大部分地区年均降雨量超过六十英寸。北海道降雨量一般在四十到四十五英寸之间，不过大雪山东北地区，即面朝鄂霍次克海的地区，降雨量较少。

从海平面到上游水域的气温、降雨量、降雨模式，以及从海平面到河源的各个流域，构成了植物、动物与人类互动的必要条件。建立植物群落的先决条件——水，是一切生命迹象的开始。当日均气温达十摄氏度时，樱花便会盛开。因此，三月下旬，九州岛的樱花最先盛开，东京与北海道的花期则分别在四月初和五月中。

生命始于空气和地面、空气与海平面相遇的地方，以及水中更深的地方。三英尺以下的土壤中有生命，洞穴、裂缝中雨水所到之处有生命，高空之上蜘蛛结网的顶端也有生命。高山顶上的雪地里，有成群的螨虫在那里安营扎寨，它们仅靠随风飘散的花粉便足以生存。珠穆朗玛峰的山顶上，曾有只斑头雁展翅翱翔。

亚洲大部分地区，尤其是中国平原地区，原生／潜在自然植被已不复存在，原生动物群落也正在消失，但"原来是什么"和"可能成为什么"依旧是人类在某一地方生活的基本条件。倘若接下来的几个世纪里，农民不再犁地，工人不再伐木，那些适应性强的物种将有望重生，好比黄河流域能重新孕育生命，最终长成郁郁葱葱的森林。但若想重回三千年前的盛况，怕是再无可能，毕竟不少土壤已经流失，不少山丘已被侵蚀。但凡有机会，森林植被仍有重生的希望。

东亚太平洋水系的丘陵和山脉，以及这一大陆架上的几个岛屿上，都长着茂密繁盛的森林植被。这些森林属中新世植物群落的直系后代，几乎未受冰河时期的影响。正因如此，它们与北美东部（大烟雾山国家公园）的阔叶树林有着千丝万缕的联系。曾经，中国南部与日本（东京西南地区）是常绿阔叶林的天堂，那儿生长着月桂树、常青橡树，以及其他常绿硬叶树；中国长江流域、日本中部及韩国大部分地区则满是阔叶落叶林。到了黄河冲积平原，植被主要以橡树为主。中国东北、朝鲜与北海道西南地区的主要植被为针阔叶混合林，如枫树、鹅掌楸、桦树和胡桃木，这几种位列其余四十多种常见植被之前；在高海拔地区和更往北的地区基本就是针叶林了。北海道的大雪山脉位于降雨带，北方针叶林就从这个地方开始生长，还有泰加针叶林，几乎覆盖了全岛的其他地区。年平均气温六摄氏度以下的地区，泰加林生长得特别茂盛。

约在四万五千年前，维尔姆冰期进入顶峰时期，海平面要低得多，北海道也只是西伯利亚的一部分，从东面到阿拉斯加的陆桥①宽一千英里。日本南部本与中国相连，如今中间隔着黄海。冰川本身分布不广，只在几个最高峰上出现。北海道日高郡能观察到冰川的痕迹，不过冰川主要分布在勒拿河以北的西伯利亚山区。通往新世界②的陆桥是无冰的，也相对平坦。泰加针叶林与干草原③向南移动了几百英里，相比欧洲，东亚更适合旧石器时代的猎人捕猎。约一万八千年前，地球经历了

---

① 陆桥，因地壳上升或海面下降，被海峡所隔的两个大陆或陆块由露出水面的陆地连接起来，这种陆地宛如桥梁，故得名。
② 新世界，西半球或南、北美洲及其附近岛屿。
③ 干草原，特指西伯利亚一带没有树木的大草原。

最后一次冰河时期。北海道再次与西伯利亚相连，日本西南部则与韩国相隔约二十英里，可谓一衣带水。人类应该是在此时迁入北海道居住的，如果不是更早的话。迄今发现最古老的人类遗址可追溯到两万年前，日本最古老的遗址也在那个时期。我们未能发现更早的遗址与人类遗骸，也许是因为最后一个冰河时期，海水上涨淹没了沿海、河口的居所。

极地猎人穿过北西伯利亚的平原，进入新世界；南方海洋和河流附近的居民，沿着冰河时期平缓的沿海平原北上。日本的若干岛屿连接了南部的海域与北部的大陆，同时也是整个北太平洋地区工艺与服饰的最西部交汇点。在欧洲人看来，北海道是一个自库克船长 ① 经过后就被遗忘的角落；从行星运行的角度来看，北海道则是人类、气候、树木及动物间的关系枢纽与十字路口。这里是北极熊与南方月牙熊 ② 相遇的地方。还有吉利亚克人，他们是西伯利亚阿穆尔河 ③ 沿岸的蒙古利亚种人，又称尼夫赫人，头戴圆锥形的桦皮帽子。

吉利亚克人吃一种生鱼拌野蒜的沙拉，非常美味。他们与

---

① 詹姆斯·库克（1728—1779），英国皇家海军军官、航海家、探险家和制图师，曾三度奉命出海前往太平洋，带领船员成为首批登陆澳洲东岸和夏威夷群岛的欧洲人。
② 月牙熊，即亚洲黑熊，胸前有月牙形白斑。
③ 阿穆尔河，即中国的黑龙江，阿穆尔是旧时欧美人习称。

邻居阿伊努人有时是做生意的朋友，有时是敌人。

如今，全日本人口约为一亿二千七百万人。北海道的面积和爱尔兰差不多，人口约为五百二十五万五千人，其中，阿伊努人占二万五千人。我和自然保护部门的田原先生在北海道政府大楼他的办公室喝茶时，他告诉我，在北海道，至今仍生活着约三千头跟灰熊一般大小的棕熊。想到早在十二世纪野生熊就已在英国灭绝，这儿的情况还算不错。

大　块
中国与自然

夫藏舟于壑，藏山于泽，谓之固矣。然而夜半有力者
负之而走，昧者不知也。藏小大有宜，犹有所遁。若夫藏
天下于天下而不得所遁，是恒物之大情也。

　　　　　　　　　　　　　　　　　　　——《庄子·大宗师》

　　华盛顿喀斯喀特国家公园和奥林匹克国家公园，气候湿润，
地形崎岖，植被茂盛，一年大部分时间都云雾缭绕。在普吉特
海湾一带，有一句谚语："要是你能瞧见雷尼尔山，就意味着天
快下雨了；要是瞧不见，那就说明已经在下雨了。"在我九岁或
十岁那年，我被带去西雅图艺术博物馆参观，为中国山水画深
深震撼，那感觉比之前见到任何事物时都要强烈，或许至今如
此。首先，画中的山脉太逼真，直逼心灵。其次，画中的山脉
是异域地区不一样的山脉，却又无比真实。第三，这些是有魂
之山，直达另一个现实世界，在那里，山既是现实世界的山，

又不是现实世界的山。

那次经历在我幼小的心中埋下一粒种子。随后我阅读阿瑟·韦利①、埃兹拉·庞德②翻译的中国诗歌，这粒种子得以雨露滋润。我当时认为，中国文明高度发达，已设法与自然保持一致。后来，我研读中国哲学、宗教著作，似乎也能从中找到印证。有一段时间，我甚至认为，只因为中国不是基督教国家，未受其意识形态（将人与世间其他生灵区别开来，分为可救赎的和不可救赎的）的影响，它拥有一个有机的、以过程为导向的世界观。的确，中国与日本对待自然皆有独到、合理的见解，这在两国历史中都以精妙的方式得到明证。但我们发现，无论哲学思想、宗教价值观的影响多大，大规模的文明社会都难以摆脱牺牲自然环境的行为模式。

----

① 阿瑟·韦利（1889—1966），英国汉学家、东方学者，被称为没有到过中国的中国通。
② 埃兹拉·庞德（1885—1972），美国诗人、文学评论家，意象派诗歌运动的重要代表人物。

鸵鸟蛋

对亚洲居民来说，晚更新世是个富足的时代。在冻原、草原上是成群的哺乳动物。冰河时代末期，驯鹿是欧亚大陆居民的主食。俄罗斯西伯利亚一带的驯鹿牧民自那时起种族延续至今。少数通古斯驯鹿牧民可能仍然生活在中国境内大兴安岭西北部山区。

全新世早期出现了变暖趋势，冻原逐渐演变为森林植被。那时，蒙古的湖床（相当于北美盐湖）水量充足，不像今日已全然干涸；那儿的人擅用小型工具，选择在沼泽附近安家。他们主要捕食鸵鸟与鸵鸟蛋。尽管中国北部部分地区现已一片荒芜，但那时到处都是橡树、山毛榉、榆树、白蜡树、枫树、梓树、杨树、胡桃树、栗树，还有松树、冷杉、落叶松、香柏、云杉等树种。

在热河省 ① 林西县、辽宁省新民县沙岗镇和黑龙江省昂溪

---

① 热河省，中国旧省份，今划归河北省、辽宁省和内蒙古自治区。

区，人们在黑土层发现了文化遗物。黑土层在近期形成的黄沙层之下，更新世形成的黄土沉积层之上，极可能是古时森林的覆盖层。华北和东北平原上出土的史前遗址的文化遗存，如丰富的木炭和木工工具（斧子、锛子、凿子等），以及大量的猎物骨头，进一步表明其拥有厚厚的森林覆盖层。其中一些骨头属于栖息在森林中的动物，比如老虎和鹿。

中国华北以北，相继发现了石器、骨头、鹿角、柳条编织品等，这些遗存与毛犀牛、野牛及猛犸的遗骸有直接关联。中国东北以南地区也发现了这类工具与动物遗骸。

中国北部其余地区发现的动物遗骸则表明，早期当地气候较温暖。以下为张光直[①]所列物种：

竹鼠

大象

犀牛

野牛

貘

水牛

獐

麋鹿

孟席斯鹿

豪猪

松鼠

喜暖软体动物

张光直认为，中石器时代中国的林地很可能是新石器时代农业定居点的先驱，在当时与西伯利亚旧石器时代、欧洲中石器时代，以及日本和北美的森林文化有关。这种古老的国际主义在中国和日本早已失传，但如果去北美的某些小地方听一听、看一看，它依然存在。直到一个世纪前，在北海道生活的阿伊努人一直延续了这种森林文化。

如今，中国东北部以东的巍巍群山仍是古老森林的庇护所。达德利·斯坦普[1]说，（二战前）除了在铁路附近外，橡树、白蜡树、胡桃树、杨书树、云杉、冷杉及落叶松基本保持了原状。二十世纪三十年代，乔治·克雷西[2]也曾写道：每年冬天都有两三万名工人在东北松花江上游地区砍伐森林，再将这些木材顺流运往麒麟城。"人类几乎从未考虑过将来，森林正在迅速被摧毁。"

---

[1]　达德利·斯坦普（1898—1966），英国地理学家。
[2]　乔治·克雷西（1896—1963），美国地理学家。

小 米

    中国的文明最早起源于新石器时代黄河流域的村落，特别是黄河急转弯的地方，与渭河、洛河及汾河的交汇处。在森林、河边、沼泽旁，人们捕鱼、采集、狩猎，如此生活了几千年。在这里，植物与动物经历着漫长的驯化过程，纺织与陶器随之问世。仰韶型聚居地已有五千年到七千年的历史，为后人呈现了技艺精湛的手工彩陶、圆屋或方屋，以及各式各样的墓地与窑洞。即便如此，农耕生活始终未能脱离野生环境：在贝丘和石器或骨器发现点，有豹、獐、野牛、鹿、犀牛、竹鼠、野兔、土拨鼠、羚羊的骨头。我们测量出了陶器、石器、骨鱼叉及鱼钩的净重。张光直还列出了这些自治、自给自足、繁荣发展的群体特点：

    种植小米与大米；可能还种植高粱与大豆；畜养猪、牛、羊、狗、鸡，可能还有马；用夯土和抹灰篱笆墙施工；

白色石灰墙；养蚕；纺织丝和麻；陶器上带有绳纹和印花图案；三足陶器；陶制炊器；新月形石刀与长方形劈斧；玉与木雕。

这些成熟、稳定的村庄恰好见证了一种生活方式，由此将其考古时期提早了几千年。这是公元前五千年黄河流域已经有人居住的最好证明。盘山的墓址在洮河边，比村庄高一千二百英尺，在数不尽的岁月里，人们从家出发步行六英里，将遗体搬运并埋葬于此。安德森写道："从这一处安息之地，人们放眼望去，可以看到他们成长、劳作、变老、去世的地方。微风吹过，阳光照耀。"

大约五千年前，黑陶①在东部与沿海地区问世。这种抛光的黑色陶器被命名为"龙山黑陶"。龙山文化②起源于山东和黄河口，后向南北拓展，形成几种不同的类型，共同组成了中国新石器时代的整幅画卷。后来发现的遗址规模与特征，似乎也为城市文明奠定了基础。

----

① 黑陶，新石器时代的一种陶器，表面漆黑光亮。
② 龙山文化，泛指中国黄河中、下游地区约新石器时代晚期的一类文化遗存，属铜石并用时代文化。

文字与奴隶

　　商朝为中国古代文明的开端，基本上是由一个城邦成功实施对其他一些新兴城邦的统治。商朝建于约公元前十六世纪，主要有青铜炼制术、文字、马拉战车，统治阶级由武士贵族构成，生活奢华；有大量的奴隶，主要是穷困的农民阶层。商朝的上述特征与新石器时代并无直接关联①。

　　这是一个很大的变化。百姓原本过着自由自在、自给自足、无需纳税的安稳日子，怎么会沦为农奴或奴隶？他们的财富是辛苦劳作攒下的，却被养尊处优的王公贵族无情剥削。这也许是历史的主要问题。其实，"历史"的开端并非都好运当头。关于那个自由时代人们的思想，我们寻到一些线索。譬如，他们祭山神、河神、植物仙灵，对熊心怀崇敬，还会编排鹿舞，为年轻恋人和歌唱家举办大型聚会。我们有些流传至今的歌曲，

---

　　①　商朝为青铜时代。

也许接近当时人们吟唱的歌曲。

要将能源占为己有，但又不想付出劳动，也没有技能，其中的一个阴谋就是结构配置。统治者役使奴隶好比我们利用化石燃料，锻造青铜好比我们开采铀矿。统治阶层创造文字（如同今天的计算机），文人阶层为统治者提供了将财富从缔造者手中重新挪移出去的组织途径。原始社会时期，财富是在团体或团体成员间直接交换的；农民作为农村耕种者，其财富却被转移给了统治集团。统治者用这部分财富满足自身生活所需，把剩余的财富分配给社会中并不在田间劳作却提供商品和其他服务的人。约公元前一千五百年，人与自然的关系开始失衡，中国农民的生活水平开始走下坡路。

统治阶层远离土壤、作物、肥料、汗水、手工艺，成为权力的象征。农民也远离脚下的土地，因为土地已不再像从前那样属于地球母亲，而是被王侯将相独占。王公贵族沉溺于社会与政治的阴谋游戏，农民阶层却只能勉强度日。对自然心怀感激、委以信任、礼尚往来等传统美德已腐化。统治者只求巩固地位，因有大片山河来转移阵地，似乎也能避免过度开采。对统治者心怀感激成为全国宗旨，新石器时代的母系氏族社会逐渐没落。商朝统治者沉溺于财富和权力，变得荒淫无度、肆意挥霍，乃至后人对此疾首蹙额。

或许，对比我们所处的化石燃料时代是恰当的。超乎想象的能源（"能源奴隶"随处可得）使整个社会陷入无节制、混乱和沉迷的状态。

　　商朝对人力资源的使用程度令人震惊。有人对商朝郑州建造东外城墙所动用的劳力作过估算。

　　墙体大致呈长方形，总周长 7195 米，墙内面积为 3.2 平方千米。现存墙体最高处达 9.1 米，墙体底部的最大宽度为 36 米。墙壁由连续的压缩层构成，每一层平均厚度达 8 至 10 厘米。每层的表面都清晰可见用于压缩作业的杵留下的凹陷，制墙的土块坚硬而紧密。据南怀瑾[1]估算，原墙体平均高度为 10 米，平均宽度为 20 米，乘以 7195 米的总长度，需要不少于 143.9 万立方米的压缩土（使用比率为 1.2）或 287.8 万立方米的松土。考古学家通过实验计算后得出结论：一名普通工人若用铜锄，平均每人制造 0.03 立方米土块；若用石锄，则平均每人制造 0.02 立方米土块。南怀瑾先生总结道，要建成这座墙垣，算上挖土、运土、压土的时间，需 1 万名工人每年工作 330 天，至少工作 18 年。

　　如此看来，中国步入文明时期似乎比古近东[2]要晚

---

　　[1]　南怀瑾（1918—2012），中国诗人、学者。
　　[2]　古近东，早期文明的发源地，即今中东一带。

一千五百年。但有证据表明，在中国，新石器时代的经济模式与生活方式出现的时间，与西方国家一样早。因此，中国的新石器时期更长，而文明时期更短。大多数人认为中国的这种现象令人困惑，甚至将此看作西方文化优越的象征，而我的看法恰恰相反。出于某种原因，中国在更长时间内没有实现城市化和阶级分化，使其文化能够在强大的新石器时代文化中得以逐渐发展：村庄自治网络，充足和平等的物质基础，一系列节日和仪式，以及自然领域有机过程和循环的深层基础。我想，经过所有这些文明的尝试，才造就了中国人的基本健康和适应力。

《诗经》是人们通过口口相传、记录于约公元前六世纪的诗歌经典，表达了更伟大、更古老的民间传说。许多歌曲显然来自商周社会的封建贵族圈，但有些也来自田野和丘陵，以这种方式反映人们的古老文化、生活趣味和精神生活。这是一首出自一个女孩的歌谣：

采苓采苓，首阳之巅。人之为言，苟亦无信。
舍旃舍旃，苟亦无然。人之为言，胡得焉？

采苦采苦，首阳之下。人之为言，苟亦无与。

舍旃舍旃，苟亦无然。人之为言，胡得焉？

采葑采葑，首阳之东。人之为言，苟亦无从。

舍旃舍旃，苟亦无然。人之为言，胡得焉？

——《国风·唐风·采苓》

道

公元前一千年左右，商朝灭亡，周王朝建立。五百年来，西周维持着"众建诸侯、裂土为民"的分封制，直至最后完全分裂，而后迎来战国时期。

文明时期的中国分离出两种截然不同的文化：一种是父权制、尚武、由相关统治者和统治家族（各个战国交错）构成的务实系统；另一种则是百姓的民间文化，扎根于漫长、健全的历史，由幸存的乡规民约来管理。青铜时代的统治者甚至有自己的政治理念（如"礼不下庶人"），其核心是占卜与祭祀。占卜是因为统治者在更远的未来存在利害关系，如同股民突然计算起利率，时刻关注经济大气候一样。祭祀则是一种供奉食品的奇异圣礼，主要是为了纪念传说中成功夺得权力的祖先和开国之父，他们认为先祖有在天之灵。

公元前五世纪，中国统治者与学者皆为社会问题所困扰。史官、文员、巫祝、教书先生等所属的士人阶层中，有人提议改善社会和政治局势，甚至改朝换代。

历史上，我们把其中一部分人称为"圣贤"。（受压迫阶层中持类似观点的人也许可以称为"有领导力的农民先知"或"具煽动性的女性信仰治疗师"。或者，他们直接归隐山中，化身樵夫。后来，中国贤者往往立志归隐山林。）

其实，中国有一个哲学派别，即法家，赞成建国，主张统治者应行事严厉，对百姓要摒除仁爱之心。

孔子和他的弟子们则试图通过传授人本主义治理（由各类贤良的专业人士组成）的哲学，来调和傲慢的贵族和受其统治的人民之间的矛盾。大部分儒家思想精深而合理，但其偏向国家的一面一开始就显而易见。

虽然现在很少有人知道墨家，当时它却是与儒家并列的"显学"，似乎与百姓在精神上（如果不是在形式上）结盟。他们粗衣粝食，辛勤劳作，主张博爱。他们对国家概念并不明确——赞同正义的战争，认为应由贤者治天下。

由此，我们来谈谈整个远东地区最引人注目的世界观，也是全世界位列前两三位的哲学派别：道家。一个人以什么样的标准才敢于评判整个社会？

他可以通过一套被虔诚接受的价值观来评判一个社会，比如阿米什人[1]。或者，就像如今人们常做的那样，他可以赞同对社会和历史的某一种分析，同时认为存在着更理性、更人道、更实用的社会秩序。（对一个社会真正的"科学的"评判应借助我们现在从人类学、生态学、心理学和其他学科收集来的各种信息，而这项研究还处于初级阶段。）

古代的潜修者——而今称为"道家"的艺匠和思想家，在可观察的自然秩序及其直观的人性类比中寻求价值基础。这赋予了他们一定的思想高度，他们随性、诙谐、温和、准确的洞察力，在当今世界仍然掷地有声，充满了活力。其代表作是《道德经》《庄子》《列子》。

"道"意为径或路，是事物存在的方式，超越"方式"的方式。道家是社会幻想家、自然主义者和神秘主义者，生活在一个仍然有野生动物和高地森林的中国。

道家带来的社会地位唤醒了母系社会早期文明。母系社会曾经存在过，也可能再次出现：

> 且吾闻之，古者禽兽多而人少，于是民皆巢居以避之。昼拾橡栗，暮栖木上，故命之曰有巢氏之民。古者民不知

---

[1] 阿米什人，从基督教新教门诺派分裂出来的保守派别，被称为"简朴的人"。

衣服，夏多积薪，冬则炀之，故命之曰"知生之民"。神农之世，卧则居居，起则于于。民知其母，不知其父，与麋鹿共处，耕而食，织而衣，无有相害之心，此至德之隆也。

——《庄子·盗跖》

在马塞尔·格拉内和其他学者看来，新石器时代的中国确实是母系社会和从母居住的，巫、萨满 ① 在宗教生活中占主导地位，巫者大部分为女性。

相比之下，儒家对自然的关注远不及道家。道家不仅观察敏锐，甚至超越了以人为本的功利主义，正如列子在下文故事中所言：

齐田氏祖于庭，食客千人。中坐有献鱼雁者，田氏视之，乃叹曰："天之于民厚矣！殖五谷，生鱼鸟，以为之用。"众客和之如响。鲍氏之子年十二，预于次，进曰："不如君言。天地万物与我并生，类也。类无贵贱，徒以小大智力而相制，迭相食，非相为而生之。人取可食者而食之，岂天本为人生之？且蚊蚋噆肤，虎狼食肉，非天本为

---

① 萨满教是我国古代北方民族普遍信仰的原始宗教，产生于原始母系氏族社会的繁荣时期。

蚊蚋生人、虎狼生肉者哉？"

道家作家在研究自然（意为自然、自我、自我维护和自发）的过程中，在探寻人之本性、现象的黑暗内在时，主张清静无为、柔和、流动、明智地接纳。道家提出了一个重要的悖论，即热物理能量会流失，显然会永远消失：熵。生命的存在，似是为延缓能量消失、尽其用而采用的复杂策略。不过，所谓的"精神"能量，通常只有在你学会"放手"（放弃）、"摆脱身心束缚"（成为过程的一部分）时才会增长。老子在《道德经》中这样写道：

谷神不死，是谓玄牝。

玄牝之门，是谓天地根。

绵绵若存，用之不勤。

——《道德经》第六章

这个原则是理解道教的关键。遵循客观规律，自然事事可成。道家教导我们，人事与其他系统和子系统一样，都有其自身的运行规律；所有的秩序都来自内部；但对中央统治者而言，不论是神性需求还是政治需求，都是陷阱。

　　人是如何失道的？对此，道家也只能通过干预、怀疑、犯错，尝试解答这个问题。毕竟，道不会真的失去。几个世纪以后，禅宗佛教徒用典型的似是而非的方式回答了这个问题：完美之"道"一路无阻，迎头努力方可！从过去几个世纪至今，中国一直在为此而努力。

命　屋

另一种看待自然的形式，便是楚国的诗歌。它们反映了一种任人想象、与非人类领域交流的文化，运用了长江流域丰富的植物名。诗集名为《楚辞》，其中包括《九歌》，是专为年轻男女跳舞和招魂所用。这些歌谣能登入中国官方历史舞台纯属偶然。听闻这些民间歌曲后，文士们（比如屈原本人）对其进行重新编纂，它们便作为政治寓言进入经典行列。对于女山神，书中是这样描述的：

乘赤豹兮从文狸，辛夷车兮结桂旗。被石兰兮带杜衡，折芳馨兮遗所思。

——《九歌·山鬼》

当时，那些用以祭拜的神殿、庙宇或林间空地统称为"命屋"。

盐与铁

　　古时为丰富国库，国家垄断了盐、铁、酒，负责接管大型公共工程项目，为沼泽及用徭役①建造上千英里的运河排水。尽管道家已经享有一定的声望，但随着不同历史时期起起伏伏，不断发展的文明和有奉献精神、表现良好的执政者的工程，才是真正的力量之源。

　　公元前二世纪，西汉伟大的史学家司马迁曾这样描述运河：

　　（汉武帝）令齐人水工徐伯表悉发卒数万人穿漕渠，三岁而通。通，以漕，大便利。其后漕稍多，而渠下之民颇得以灌田矣。

　　　　　　　　　　　　　　　　　　——《史记·河渠书》

---

　　① 徭役，中国古代统治者强迫平民从事的无偿劳动，包括力役、杂役、军役等。

汉武帝在位时，视法家思想为治国之道，百姓也因此陷入水深火热。就算是儒家发表政见，也会招致嘲讽。

公元前八十一年，一位高官这样回应争执——

今举亡而为有，虚而为盈，布衣穿履，深念徐行，若有遗亡，非立功名之士，而亦未免于世俗也。

——《盐铁论·褒贤第十九》

公元前三世纪，汉朝接替秦朝。秦国统一了战国，但统治残暴而短暂。汉朝维持了四百年中央集权统治，实行君主专制制度，其商业圈最远到达罗马。最终，汉朝分崩离析，与周朝一样分裂为几个互相争权夺利的小国。

野意中国

谢公屐

即便到了今天，汉族仍是中国的主体民族。汉族与其他少数民族不同——比如南方的"越"（现今越南的"越"①），他们剪短自己的头发，并在身上刺青。

公元四世纪，中国的森林地带与农业边缘地区都已有人居住，即使当时人烟稀少，也仍有汉人和少数民族居住在那里。

东汉以后的六朝时期，执政的士绅阶层内部轰轰烈烈发起了一场"回归自然"的运动，这种"自然"从郊区的田野和花园延伸至真正的深山。许多人可能处于动荡不安的时期，在行使了一定的阶级行政特权后，转向了追求纯粹和简单。并非所有人都极其富有、自我放纵。一代诗人陶渊明（又名陶潜）曾做过小官，他自己选择弃职而归隐田园。他的诗歌透着恬淡、开放、安宁，在对田园、家庭和酒的综合描述中表现了人类的

---

① 越南人曾做过长达一千多年的中国南方汉族人，这段时期越南史称"北属时代"。

坦率和脆弱，是古典诗歌遵循的标准，这是后来的诗歌极力推崇的。道家主张遗世独立，提倡出世的人生观。每当身居山野、无法参加京城朋友的社交活动、独自在家中或和农民一起作诗饮酒时，道家思想都能给他们无限慰藉。

有些汉朝诗歌将山野景象描绘成一幅毛骨悚然的模样。正如伯顿·沃森所言，人类观察自然的方式正发生着潜移默化的改变。《诗经》呈现了古代生活的方方面面，植物是专门命名的；还有许多描绘人们载歌载舞、喜迎丰收的场景。到了六朝时期，景象描写有所回归，并变得更加全景化。一个典型的例子就是谢灵运，他是早期中国诗歌为数不多的诗人鼻祖之一。谢灵运出身于显赫家族，后随家人迁往南方，在一个被孔子时代认为异域和蛮荒的生物群落中长大成人。

谢灵运酷爱登山，中国南部的陡峭山峰（高四千至六千英尺）与繁茂树林让他流连忘返。他长时间攀登，漫步其中，有一次探险之旅长达一个月。他将自己称为准道家隐士，是充满活力的荒野冒险家。他也是佛教早期追随者（当时佛教属新事物，仅限于上流社会）。他还专门写了一篇文章阐释何为"顿悟"。

谢灵运雄心勃勃，一心追求在政治上取得成功，这一追求在他被放逐到偏远的南海岸小镇一个小职位后结束。他很快从行政部门辞职，搬到了今天杭州东南山区的一处破败的庄园中。他作了一首长赋（押韵散文），名为《山居赋》，详细记述那个时期居住的地方和生活。四季交替，诗中场景随之变换，有些近在眼前，有些远在天边。在诗作中，他列出了许多飞禽走兽、鸟木虫鱼。他所到之处，被认为是追求道教、参悟佛教的理想场所。因此——

> 垂钓为鱼，非也。
>
> 撒网为兔，非也。
>
> 钓箭于我无用。
>
> 何人欲布局网鱼兔？

> （缗纶不投，
>
> 置罗不披。
>
> 磻弋靡用，
>
> 蹄筌谁施？）

谢灵运说自己"完完全全爱上了生活中的一切"。他在其诗性散文中对劳动者进一步描述道："砍了树，他们清理荆棘，还砍竹子（陟岭刊木，除榛伐竹）。"他们收集各式树皮、芦苇、灯芯草；制作木炭。这种人与自然间细微的矛盾，在日后人类发展历程中愈演愈烈，逐渐演变为不容忽视的环境问题：个体动物的生命被小心地保留下来，但实际养育他们的栖息地遭到破坏。

谢灵运让人捉摸不透。朝堂之上，他傲慢专横，树敌无数。作为一名佛教徒，他悟性极高，但他不顾当地百姓的需要与感受，掉入谋反圈套，最终落得弃市刑①的下场。谢灵运与那时的世道格格不入，实在应该加入落基山毛皮公司②，成为一名捕猎手。谢灵运生性狂放桀骜，出身于名门望族，经历过一些矛盾和挫折。但他开创了山水诗派，这成为后世一直关注的诗性意识。谢灵运是位伟大的诗人。

在中国，山川始终是精神力量的焦点，也许这是早期萨满获得精神"力量"修炼成"仙"的栖息地。后来，高山峻岭成了道家修行者退而求之、实现天人合一的居所，也成了佛教寺院修建之所。谢灵运沉溺于山水、丛林草木间，独自安营于高山之巅，整夜在月光下行走。他艺术作品中对自然的中国式感悟，反映的正是年复一年沉浸其中的状态。谢灵运还因为制作

---

① 元嘉十年（433），谢灵运在广州被行弃市刑（当街斩首），死时年仅四十九岁。

② 美国一家毛皮贸易公司，成立于1822年。

了一种独特的登山木底鞋被后人所纪念，不过谁也不知道谢公屐①到底是什么样子。

牛首山

　　佛教始于一系列伦理观念和冥想训练，并将此保持在中心地位。通过这些训练，人们只要虔心用功，就能达到自我实现和理解道存在的方式。这一佛法教义受到了释迦牟尼启蒙运动的经验指导：要认识到，世间万物皆有联系，互为因果，"空"即"无我"。

　　在乔达摩·释迦牟尼时代，僧伽制度即为出家僧尼需遵守的秩序。有人认为，若不出家，是无法真正参悟佛法的。遵守佛道教义，俗士可以树立自身的良好品德，过上正直高尚的生活，但恐怕无法参悟更为深奥的佛法。僧伽这个概念的扩展是佛教历史上重要的一笔。大乘佛教（梵语为 Mahayana①，意为"大乘车"）认为，即便不出家，女人与俗人尚有机会变得开明，起码能与僧尼一样进行修行开悟，或者至少理论上，过

---

　　① 意译为伟大的修行方法，可得度到彼岸。

着世俗生活的同时能够修行。开悟的能力是与生俱来的，称为"佛性"。佛教思想发展到一定阶段（约在公元二世纪的印度），人们认为，并非人人皆具"佛性"，譬如，根据描述判断是以狩猎为生的部族和土著，就不包含在内。

一些早期的中国佛教思想家对此感到困惑不安。差不多一个世纪以后，另外一些印度佛教文献传入中国，认为"佛渡众人，亦渡众生"，中国佛教思想家才如释重负。通常，我们可将"佛渡众人，亦渡众生"理解为：大乘佛教包容万物，上至动物，下至植物。众生之间皆存业力①，从出生获得肉身那一刻起就有。当时普遍的观点为：肉身是修习佛教的先决条件。

八世纪，天台宗高僧湛然是第一批对最后一个观点提出质疑的人。他总结道，世间没有生命的物体，同样具有佛性（"无情有性"）。因此，我们可以认为，哪怕是一粒微不足道的尘埃，也具备佛性与心性。此外，完人向来对"真理只有一个，脱离意识就无客观物质存在"这点了然于心。那么，到底如何定义生命体与非生命体呢？佛经中，莲花意味着"法性平等，救渡众生"。

---

① 业力，指个人过去、现在或将来的行为所引发的结果的集合，业力的结果会主导现在及将来的经历，个人的生命经历及他人的遭遇均是受自己的行为影响。

中国道教对自然的哲学态度及理解是道的可见表现形式，这与印度大乘佛教来世论中所持的观点不谋而合。中国佛教徒兴许会说，此时此刻，这些瑰丽壮阔的山河都是涅槃。佛教徒爱将自己置于古老的圣山，或在荒山野岭新建寺庙。不少禅宗高僧因其日常所居、平日修炼的名山而为人所知。禅宗发展早期，有一旁支消亡于八世纪，名为"牛头宗"。这些僧人不单欣赏风景，还与当地野生动物保持一种亲密的关系，包括老虎。牛头宗高僧道林①以树为巢，在其中冥想。他曾与著名诗人白居易有过一次交谈②。白居易身穿官服问道："你坐在那里不危险吗？"道林禅师答道："你所处的地方更危险。"在牛头宗中，僧人圆寂后躯体将留在林中，供动物食用。据说，牛头宗禅师非常具有幽默感。

①　道林（741—824），俗姓潘，唐富阳人，为西湖凤林寺开山和尚。9岁出家为僧，21岁受戒于荆州果愿寺。后往长安西明寺。晚年回杭时，见西湖背面的秦望山有一棵松树枝繁叶茂，盘屈如盖，于是就住在上面，因此有人叫他"鸟窠禅师"。
②　唐元和年间，白居易到杭州任刺史，与韬光法师常相往来。他听韬光法师提起鸟窠禅师的怪癖，于是前往拜访，果真看到他端坐树上。

林苑狩猎

在商朝，狩猎是上流社会的一项重要活动。早期猎人对所
捕猎物心存的感激之情、对死亡游戏精神的忧患之意，此时已
烟消云散。当时的狩猎实已是昂贵的大规模群体捕杀活动，需
要助猎者将猎物往守候着的王公贵族那边驱赶，狩猎者则骑着
马，或坐在战车中，开弓射箭。如此大规模的狩猎活动被当作
良好的军事训练。随后，他们与乐师一起设宴庆祝，舞女身材
纤细，身穿透明的长袍。通常认为，战争与狩猎在精神上是相
似的。到后文明时代，情况往往如此。在狩猎和文化采集中，
细致的准备工作以及对生活行为的关怀，使狩猎活动处于不同
的层次。

中国文化的饮食禁忌不多，王公贵族的餐桌上更是摆满了
世界上最富有冒险精神的上流美食。即便如此，从商朝起，平
民百姓仍吃不起肉。官员的服饰多用兽类皮毛和鸟类羽毛制成。
《礼记》成书于汉朝，详细记载了穿衣搭配的最佳标准。

君衣狐白裘，锦衣以裼之。君之右虎裘，厥左狼裘。士不衣狐白。君子狐青裘豹褎，玄绡衣以裼之；麑裘青豻褎，绞衣以裼之；羔裘豹饰，缁衣以裼之；狐裘，黄衣以裼之。

——《礼记·玉藻》

汉朝礼数独树一帜。道家的自然哲学观、拿植物与矿物做的实验，以及对劳动人民生活必需的自然世界的直接经验，与朝堂官府推崇的繁文缛节背道而驰。汉朝上流阶层的确敬佩那些技术娴熟、敢于为权力赌博的人，但这都是在严格的礼仪背景下进行的。在权力游戏中失败的人，其命运常常是遭斩首或烹刑。

对杀人如麻的刽子手来说，斩杀动物就更容易了。广阅书籍、身临自然后，人们开始尊重自然。然而，依旧有人认定是"人类组织、劳动、创造"带来财富，对明摆着的自然规律嗤之以鼻。随着对自然的接触增加，对自然的了解增多，人类开始尊重自然，但还是有人认为，财富纯粹是人类组织、劳动和创造的结果，他们不会去遵循大自然中可以观察到的规律。

尽管如此，历代帝王依然开展一系列祭祀活动：祭天、祭地、祭山河。洪水泛滥与常年干旱等自然灾害都会加速一个朝代的灭亡。作为一国之君，也不得不问自己是否冒犯了天庭。无论是哪方面冒犯了上天，在统治阶层看来，滥杀无辜、猎杀动物、毁其居所、砍伐树林等种种行为，都不可能激起天怒或冒犯天帝。因此，帝王与统治阶级一直保留了大型的狩猎场地。在对中国狩猎场的研究中，薛爱华[1] 指出：这些猎场发端于青铜时代的禁猎区，其目的是为了确保在一些国家级祭祀仪式中供应几类特定的野味，以作祭品。当时确定的祭品在数量上要充足得多。到了周朝，这些猎场成了运动和娱乐场所，里面既有外来动物，也有本土动物，还有人工湖、池塘、马厩、狩猎屋，以及游乐亭。这也是接待地方官员的理想场所。汉武帝的苑囿上林苑[2]，长四十英里，宽二十英里，内设三十六所独苑。苑内地势复杂，养有哺乳动物、两栖动物、鸟类及鱼类，既有本土品种，又有外来品种。河流中生存着大量鳖、短吻鳄、鲟鱼以及其他鱼类。驯鹿、水鹿、犀牛、大象基本生活在猎场南部，野生马与牦牛则在猎场北部活动。皇家猎场管理员要事先

---

[1] 薛爱华（1913—1991），美国汉学家、历史学家，哈佛大学东方语言博士，熟悉中国古代文化，对唐诗和道教尤精，研究道教在唐朝文化中的作用。

[2] 上林苑，汉武帝刘彻于建元三年（前138）在秦朝一个旧苑址上扩建而成的宫苑，今已无存。

为冬季狩猎做准备。他们披荆斩棘，用火烧出一大片空地。助猎者、猎人和身强力壮的人都戴着护身符，念着咒语，为这场野生动物的猎杀跃跃欲试。皇家猎队入场后，各类鸟兽都被赶到那片空地。猎杀正式开始：

漫天飞羽，血流成河，杀戮气息，四下弥漫。

有人公然谏言，猎场过于铺张，实属治国不智之举。司马相如在其《上林赋》中请求皇帝终止狩猎活动，并向平民百姓开放猎场，供其耕种、砍柴、捕鱼。令人玩味的是，竟然没有人提出折中的解决办法，如保留围场原始的状态，可作日后本体性的科学研究。毋庸置疑，最佳的选择就是让其回归，为人所用。

（不要将中国狩猎文化中的恣意放纵和古罗马竞技场中对动物甚至人的杀戮相提并论。在古罗马竞技场，成千上万的动物在短短数日内惨遭杀戮。为了给竞技场内源源不断地提供动物，地中海盆地一带的许多物种已灭绝。）

狩猎场一直保留到晚唐甚至更晚。当时佛教新思想或道教的一些旧观念强调人应对世间众生心怀同情。受此影响，人们对自己产生道德层面上的质疑。唐朝是中国诗歌与禅宗发展的鼎盛时期。但需明确一点，唐人并非个个"身着轻衣长袍、反对杀生"的文弱书生。唐朝是北方士绅的时代，他们饮酒斗志，生性豪放，擅长马术、箭术、猎鹰。与中国后朝后代相比，唐朝并无过多礼教约束。女性更自由，裹脚的习俗尚未到来。唐朝王公贵族之所以支持佛教，部分原因是唐人对外来文化饶有兴趣，并与中亚小国家通商。不过，自始至终，唐人都未改变自己强悍的行事风格。据说有位家世显赫的闺中少女，她父母告诉上门提亲的人，女儿骑马出去打猎了。这样的事情在唐朝之后再也没有发生过。

空 山

　　中国幅员辽阔，出门主要靠步行，或许牵一匹驮马，有时也骑马。在低地，相互交错的运河为慢速行进的客船及货运驳船提供了通道。游客在大河上乘船旅行，游船缓慢而费力地逆流而上。虽然岸上的人拉着船，有时也会突然而猛烈地向后退去。船驶经几个湖泊和流速缓慢的下游河段。牛车马车载着人和货物，走过冲积平原，越过连绵起伏的丘陵地带。长长的马车车队驮着皇家物品，在群山和沙漠地带穿行。

　　官役一旦接到任务，习惯于连续几个星期甚至几个月带着一家老少起程运物。佛教僧人、道教道士的传统是在外自由行走数月或数年。动荡时期，陆路也好，水路也罢，甚至整个省的人民以及相互争战的军队忧心忡忡地奔走其中。俗话说，丈夫志四海，万里犹比邻。长江、黄河流域的居民对脚下的土地逐步有了了解。

　　朝堂官吏与僧人（大多数诗人非官即僧）是流动队伍中的

文化人。旅行者关于风景的散文或韵文是对峡谷和山脉复杂情感的真实描写。当地特有的物种群落亦在文章中得以呈现。谢灵运关于山水的赋极富表现力与教育意义，但他的诗中已表现出一种沉稳的力量，而这正是中国诗歌在唐宋时期达到鼎盛的具决定性的特点。

中国和日本两国的传统，使得其对自然界写下情感最丰富、思想最深刻的诗歌。这是其他文明国度的人们所不能及的。这些诗人每日为生活所困，为国家税收所难，为刑罚制度所害，为官府衙门所欺，他们热爱自然却为教化所困，对这种种内心矛盾有着十分痛心的感悟。这也是中国诗歌受到当代西方人广泛赞赏的原因之一。

不过，我们仍难以准确定义何为"中国自然诗"，仍难以解释为何其影响如此恢宏。这些诗远不限于山水风景。远山之境，实为映射生活之况；诗论家陆机称之为"澄心"（《文赋》）。山河好似宇宙法则的有形体现；这些法则渐渐归于静谧、无形和虚无；"无"生万物，万物到头仍为空。照此看，诗词歌赋也当"静默无声"。诗里的很多东西都没有言明，其回响或镜像（一群飞过思维天空的鸟儿）耐人寻味，最终不留任何痕迹。中国诗歌传统揭示了人类的情感。为官者也可以情感脆弱、意志薄弱。陆机说，诗歌以"哀叹生命转瞬即逝"为头，以"述世间万物生长、谈古人伟大美德"为迹，以"规划将来之蓝图的必要性"为尾。中国诗歌从狭义的以人为本的事务起步，逐渐进入长久的、有远见的、自然的、意气风发的大境界，而后回归围墙边小屋中短暂的一刻。

诗人既留恋农民自给自足、勤劳却自得的生活，又在险象环生的大峡谷中获得欢愉。自然终于不再是荒野，而是人类最好的栖身之所，人们在此不但能修身养性，享受风景，还能种植果蔬，与孩子们嬉戏玩耍，与知己举杯交樽。这里有一种特殊的政治秩序——中国山水田园派诗人回归到新石器时代的村庄生活，世人不会忘记他们，将其纳入道家经典，并作为道家追求美好生活的典范。也有一群人借道教之名，在历史上煽动一波又一波的农民起义，其确立的标准无意中带着"新石器时代"的特点——"子孙承欢膝下""修篱种菊""静赏白云"等，皆为前封建和后革命社会的梦想。

然而，这几百年间，中国诗人既非生物学家，也非原始猎人，其诗学并未引领他们走向某种精准性。他们发现山水风景与内心的情感相应和，也对神秘的现实世界深感敬畏。伯顿·沃森分析唐诗中的自然意象后得出，诗人偏爱描写非生物，超过半数的诗人抬头看天空、天气、风、云、月，低头看溪流、群山和流水。生物中，柳树、松树是出现频率最高的树木，草本植物和花卉出现于诗中时不带具体名称，诗中的"花"常指树开的花，如樱花、桃花。雁是最常见的鸟类，与友人分别时常借此抒情；猴是最常见的兽类，因其叫声类似哀鸣；蝉与蛾是最常见的虫类。由此看出，许多对自然的引用是基于与人类相关的象征或习惯，而不是内在的本质。毫无疑问，早在文字出现前，人们口口相传的诗歌中有更多长毛皮或鳞片的动物。不过，这并不减损中国诗歌的质量，它依旧保持严谨的音韵格律和诗歌形式。这些诗词亦使我们陷入两难境地——在世界上最"伟大社会"中做有文化修养的僧人、官吏或为官之妻，同时对万物生灵心怀敬意。唐玄宗在位期间（712—756）是中国文化发展的巅峰时期之一。其间，诗人王维、李白、杜甫处于各自的权力高峰，禅宗大师菏泽神会、南岳怀让、马祖道一、百丈怀海的思想也产生辉煌影响。唐朝全国人口高达六千万左右。

十九岁那年，我初次读到中国诗歌译本。此前，我心中理想的自然景观是火山上四十五度的冰坡，或是一片纯原始雨林。中国诗歌帮助我"看到"了草地、农田、缠绕的矮树丛和老砖房后的杜鹃花。中国诗歌让我摆脱了对狂野山脉的过度依恋，用一种几乎潜移默化的方式呈现了一个事实：即便山再偏僻，也是人们可以生活的地方。

空山不见人，

但闻人语响。

返景入深林，

复照青苔上。

　　　　　　　——王维《鹿柴》

墨与炭

郦道元是公元五世纪中国最早描述森林植被的人。从越南到新疆边远沙漠，他游历了整个地区：

在黄河流域，他发现了榛属灌木及其他灌木丛，草原，覆盖数英里麻黄的平原，榆树林，松树，生长在悬崖和远处山峰的柏树，以及混合硬木林。

继续南下，抵达长江上游，他发现了茂密的竹林、岩石峭壁上的柏木、峡谷内的参天森林及其数量庞大的猴群。在长江下游，他发现了橡树林和常青林……在越南北部，他发现森林茂盛，沼泽密集，大象和犀牛成群结队。[①]

① C. W. Wang. *The Forests of China*, Marla Moors Cabot Foundation Publications Series #5（Cambridge：Harvard University Press，1961），p. 19.

中国在唐朝早期已拥有五千万人口，经济十分活跃。社会发展已明显地把人们从"以广阔的野外谋求生存的世界"转移到农业社会，野生栖息地遭到无情地开发和破坏。

寺庙里的庭院成了巨大古树的最后避难所。事实上，中国北方现代原始森林的重建在很大程度上是通过绘制的寺庙遗址分布情况来进行的。在海拔更高和更遥远的地区，一些森林至今仍然存在，但除了寺庙之外，帝王陵墓和皇家狩猎场是唯一保留完好的地方。在环境保护政策的重压之下，人们懂得了保护流域的重要性。唐玄宗严令禁止在皇城附近的骊山砍伐树木。尽管如此，森林植被依旧难逃被蚕食的命运，国家也再未推出其他森林保护政策。中国环境发展好比温水煮青蛙。若将青蛙放在沸水中，青蛙立即会跳出来；倘若换为凉水，把青蛙放在里面，文火慢煮，青蛙不会立刻跳出来，待察觉水温过高，再跳已为时已晚。

砍伐大量森林是为了制造墨。墨是诗人和画家书写绘画的工具，对中国管理阶层来说更为重要。

　　全国的文官和学者所用的墨，其最佳来源是燃烧后的松树。即使在唐之前，为了制炭，山东山上的古松已遭大面积砍伐。唐朝庞大的官僚体系需要大量毛笔日夜办公，给太行山（山西与河北之间）上的植被带去了"灭顶之灾"。①

中国淮河以南的原始森林为常绿阔叶林，其中有诸如肉桂树、黄樟树、毛栗树、枫香树等樟科树木。如今，大多长在中国南部枝繁叶茂的树林，皆为二次生长。遭遇野火与人为砍伐后，松树与灌木取代了落叶阔叶林。关于长江下游植被，C. W. Wang 这样写道：

　　低海拔地区，尤其是冲积平原，长期处于耕种状态，故难以察觉自然植被的变化。现在，种植区外的植被则以松树、阔叶树、马尾松、杉木林、灌木林为主。②

从长江下游以北到东北三省的大平原，除了沿海的盐生植物，没有任何原始植物痕迹。那里曾是一片长满山毛榉、枫树、梓树、栗树、核桃树、榆树与白蜡树的茂密森林。

不过，种植的农场林地倒也常见：

---

① Edward Schafer. "The Conservation of Nature Under the T'ang Dynasty," *Journal of the Economic and Social History of the Orient 5.* (1962), p. 300.

② Wang, p. 103.

与普遍的看法相反，除了大城市以外，平原地区的木材供应不仅自给自足，而且为火柴工厂提供白杨树，同时还向日本出口泡桐木。①

东北三省的森林是中国仅剩的最后一片大面积原始森林地带。一九一三年，阿瑟·索尔比写道：

可是森林啊！在百万棵树木生长起来，覆盖了小山和一座座山脊，直至地平线上时，它一次又一次地引起人们的注意。这片绿色的海洋生机勃勃，毫无间断，密不透光。②

据说，老虎原本长于北方，其中有些向南迁移，最远到达今日的巴厘岛。西伯利亚虎浑身布满条纹，毛色偏白且长，是现存世界上最大的猫科动物。西伯利亚部落的人都称它为荒野之王。还有一些萨满教的故事，比如"神仙"与"祭司"都与老虎和睦相处。石恪在其异想天开的十世纪绘画中，有一幅就

---

① Wang, p. 85.
② Wang, p. 35.

描绘了一位禅师在一只睡虎后打盹（《二祖调心图》）。

　　从亚北极到热带的动物，中国都有，可谓种类繁多。中国地理的南北界定线是秦岭淮河，能粗略地将北亚动物与南方动物分类。西伯利亚的狍、牦牛、野马与马鹿都是从秦岭山脉南部来的。

　　在早期文明中，象在中国分布广泛，从南部到北部黄河平原，皆有踪迹。猕猴如今基本在南方，但北方应该也有过，因为日本除北海道外的所有岛屿都有其踪迹。印度赤麖从未在云南中部以北出现。猫、猞猁、狼、貂、熊、鼬、野猪、梅花鹿、羚羊、鬣羚、山羊以及其他许多小型哺乳动物，中国南北都有。鸟类也因区域不同而不尽相同，但显然分布范围比哺乳动物更多变。在印度或越南过冬的鸭也许会去西部利亚避暑。

　　中国环保实践的其中一个指南便是月令，类似一种农历的日程安排。月令制下，大小事务及准备工作应合时宜，以一年为期。它以环保的角度，"告诫百姓不许偷蛋、不许毁坏巢穴、不许猎杀幼仔或处于孕期的动物"[1]。月令制允许秋季狩猎。中国人始终未能接受的是，佛教禁止杀生，这一教义甚至成为法

---

① Schafer 1962, p. 289.

律条文。

随着森林植被减少，兽类、鸟类的数量每下愈况。人们用动植物作为中药的药引，这同样加快了物种灭亡的脚步。比如，人们认为老虎全身都具药用价值。此外，犀牛角也价值连城，可用来制精樽饮酒，犀牛角磨成粉后还可解毒。因此，犀牛在中国已销声匿迹。如今印度禁止非法捕猎，设有犀牛保护区，仅因担心有人往中国偷运犀牛。公元五世纪，野生大象"踏上了河南与湖北教化之地"①，南方的蛮人驯养大象，用以在宴会上为中国使臣表演。如今，大象也已无迹可寻。就连梅花鹿这种比大象分布更广的动物，几乎也在鹿茸（一味极其珍贵的药材）交易中销声匿迹。"经济利益也阻碍了人类对翠鸟的保护，人们取其羽毛镶入珠宝首饰。无独有偶，人类将麝香鹿制成时尚女性用的香料，红极一时；取貂皮为军帽点缀；剥鳄鱼皮以制鼓盖。"②

薛爱华博士在论文《中国唐朝自然保护》中总结道：

在唐朝，为保护自然而制定合理政策必需的所有心理条

---

① Edward H. Schafer. *The Vermilion Bird*: *T'ang Images of the South* (Berkeley: UC Press, 1967), p. 224.
② Schafer 1962, pp. 301–302.

件，无论把自然作为经济资源还是审美资源，都已存在。尽管开明的君主发布了遵循他们时代最佳道德的法令，可叹的是，他们的后人皆未延续此举。简而言之，这些具有先见之明的思想都没有在律法中得以体现，所以最终是无效的。①

此外，月令体现了农耕者的常识（薛爱华说"月令在那个时期更像是道德上自然保护主义的一个重要来源，而不是佛教或道教的教义"②），常常直接被官僚阶层驳回：

有时，由于对燃料的需求，甚至城中园圃和林荫大道也未能幸免于难。比如，一些身居皇城的官员为给皇家军队募资，在木柴昂贵、丝绸低廉的时期，砍伐美化城市的树木，用木柴交换纺织品，牟取暴利。③

人们的环保意识并非与他们信奉的民间宗教及边疆地区萨满教神圣力量无关。野生动物栖息地日益减少，古代地方圣祠也逐渐被儒家官员拆毁：

① Schafer 1962, p. 308.
② Schafer 1962, p. 289.
③ Schafer 1962, p. 299.

一个显著的例子是狄仁杰。我从高罗佩[①]翻译的《大唐狄公案》中得知，公元七世纪，狄仁杰下江南视察后，欣然报告说他在该地区着手铲除淫祀，共废淫祠一千七百所。[②]

十一世纪，杰出的人文主义科学家沈括，尝试用自然产生的原油制墨，称之为"石油"。他说：

> 黑光如漆，松墨不及也，遂大为之……此物必大行于世，自予始为之。盖石油至多，生于地中无穷，不若松木有时而竭。今齐、鲁松林尽矣，渐至太行、京西、江南，松山太半皆童矣。造煤人盖未知石烟之利也。[③]
>
> ——《梦溪笔谈·杂志一》

沈括的思想与发明比他所处的时代提前了一千年。

---

① 高罗佩（1910—1967），荷兰汉学家、外交家、翻译家、小说家。他翻译的《大唐狄公案》成功地塑造了"中国的福尔摩斯"，并被译成多种外语。

② Edward H. Schafer. *The Divine Woman: Dragon Ladies and Rain Maidens in T'ang Literature*（Berkeley: UC Press, 1973）, pp. 10—11.

③ Sir Joseph Needham. *Science and Civilization in China*, Vol. III（Cambridge, UK: Cambridge University Press, 1959）, p. 609.

墙中之墙

庞大人口、滥伐林木、商品经济和游牧部落骑兵，给"宋"这个处于巅峰的城市文明带来局部终结。

城　墙

居住在平原地区与山谷的中国人，一般会在房外砌上好几堵墙。西汉时期，估计有三万七千八百四十四座不同规模的带围墙的住处，约有六千万人居住在围墙中 [1]。即便到了今日，墙仍然是中国引人注目的风景之一：省会城市内微微倾斜的石墙，偶尔有高出城墙两三层的塔楼凸现出来，常耸立在薄雾缭绕的河流与湖泊旁，或倒影在水田地里。

新石器时代早期，仰韶型居住点没有围墙。人们仅在居所外挖沟渠或护城河，一般宽深各约十五英尺。这些举措可能是为了防范动物入侵。比如鹿，无论在果园还是菜园，都是臭名昭著的偷食者。仰韶遗址出土文物不多，不过几把兵器。新石器时代晚期，龙山型定居点有夯土防御工事和武器 [2]。

---

[1]　Yi-fu Tuan. *China*（Chicago：Aldine，1970）.

[2]　Kwang-chih Chang. *The Archeology of Ancient China*（New Haven：Yale University Press，1977），p. 152.

约公元前五世纪，东周分裂，进入战国时期，城墙的基本风格形成。

一般来说，这种围墙结构至少包含三种不同的单元空间：一是小型围墙内王公贵族与达官显贵的活动中心，早期有商人与工匠混住；二是宽敞的工业与商业区，该区也有居民；三是紧靠城墙外的农田。战国时期，有时会建三堵紧挨着的城墙，这也意味着有必要将"护城区"拓宽到"日益扩大的商业区"。另一个变化是以牺牲内部城墙为代价来加强外墙，任由内墙腐蚀坍塌。①

据估算，燕国的下都围墙内面积达十平方英里。更有外城墙"长城"用以抵御北部游牧部落入侵。这些城墙最早由秦、燕、赵国建造。秦朝是中国第一个统一全国的朝代。公元前二二一年，秦国将之前建造的城墙彼此连结起来，形成一个更完整的屏障。

汉朝最主要的城市景观当属围墙。围墙把墙外的田野和居

---

① Tuan, p. 67.

住区分隔开来，由此创建一个封闭的场所来促进内部的生活规范……城墙呈矩形，共四堵。每一堵墙上皆设一出口。墙内被划分为多个居住区。长安城中有一百六十个相互独立的居民区。街道将居住区相互隔开，反过来，居住区四面环墙。在汉朝，每个住宅区只在迎街开一个出口，里头却有上百户人家，每家各自以墙相隔。城内的百姓如要出城，须过三道墙门：自家的墙门、住宅区的墙门和城墙。而且，所有的墙门皆有专人把手，入夜就关闭。①

天黑后爬墙头是中国故事中常出现的情节：或为情人幽会，或为入室偷盗，或为细作暗探。

唐朝城市夜生活比汉朝丰富多了。唐朝的市场规模更大，交易更自由，还专为波斯、突厥及阿拉伯商人设立了贸易区。都城长安沿袭了许多古老的礼制仪式，"皇城中主要的南北街道都建在北极星、地球子午线上"②。南北街宽四百五十英尺。城东住着达官显贵，城西住着平民百姓，两区皆设市场。不少空地用作菜园和牧场。长安城雄伟壮观，既宽敞又开放。

类似的城市规划似乎很有效，但没有人能预见人口持续

---

① Tuan, p. 104.
② Tuan, p. 106.

（有波动）增长趋势。尤其是在一一〇〇年后，全国人口首次突破一亿。后期人口增长部分反映了中国领土面积不断扩大，早期已有非中国人拥入中国。一一〇〇年后，淮河以南有五个城市中心，每一个人口都超过百万。

飞　钱

公元九世纪到十三世纪，中国进入所谓的现代社会。宋朝的三个世纪中，人口开始南迁，财富与高雅文明也随之南移，进入城镇。十二世纪早期，城市居民仅占人口百分之六。到了十四世纪，大城市和周边地区的居民已升至百分之三十三①。

安史之乱后，唐朝步入第二时期。届时，税基由人均税变成直接土地税。这项改革意味着那些长期免税的富有庄园也开始纳税。这是唐朝一系列具有深远影响的转变或发展趋势中实施的第一步。其中的变化有：

- 强迫军役变为雇佣军
- 大多数地主乡绅成为在外土地业权人
- 纸钱代替了笨重的铜钱

---

① Mark Elvin. *The Pattern of the Chinese Past*（Stanford：Stanford University Press，1973），p. 175.

- 简朴天真的生活态度转变为闹市享乐主义
- 从注重文化多样转变为以中国为中心的文化沙文主义
- 从自给自足的区域农耕转变为经济作物专业化
- 从由家族门第决定社会地位转变为通过朝廷科举获得官衔地位
- 从徒步山野到人工后花园养殖

整个社会开始呈现出我们在很多方面认识到与目前社会相似的"现代性",不过更加欢乐祥和。在人口众多、资源日益减少的世界里,这是人们希望看到的最好的社会现状。这也是人类文化发展的巅峰,现今的世界仍有许多需要学习的地方。譬如,当时的社会设施极为成熟:

> 当地征税者充分发挥了批发商与中间商的作用,收集当地盈余的农产品和成品,再转到运输商手中。中间商有流动的小贩,也有大规模的垄断经营者。当时,就连客栈也建立起庞大的连锁体系,旨在迎接这些旅行经商者。这一酒店系统几乎没有发生什么变化,沿袭发展至今。①

---

① Edwin O. Reischauer and John K. Fairbank. *East Asia*: *The Great Tradition* (New York: Houghton Mifflin, 1960), p. 213.

通过发明新型工具，种植新型种子与植物，古老而高效的农耕技术得以深化发展。此外，有了雕版印刷术，农业百科全书与一些文章和专著相继问世，方便人们广泛交流信息。北宋著名诗人兼官员苏轼在一篇散文中专门谈到了一种全新、独特、形似木马的插秧设备。就水稻种子而言，已引发了一场变革：从越南中部引进的抗旱种子得到广泛使用。它可以在较贫瘠的土壤里生长，从而大大扩展稻米的种植面积。"在宋朝，中唐以前几乎所有类型的种子都消失了……长江三角洲下游南宋常熟市的地方志列举了二十一种中筋大米，八种高筋大米，四种低筋大米和其余十种杂交品种。"[①] 马克·埃尔文说，到了十三世纪，中国已拥有世界上最精湛的农业技术，或许唯有印度能与其争锋。[②]

随着中国农民与市场打交道的机会日益频繁，其适应性也越来越强。他们行事理智，以利为重，渐渐转型为小商人。在农村，许多新兴职业得以开发。人们上山种植树木，以适应蓬勃发展的造船业和不断扩建的城市造房。蔬菜和水果大量生产，以满足城市消费。此外，人们压榨各

---

① Elvin，p. 121.
② Elvin，p. 129.

类油，用以烹饪、照明、防水、制作发乳和药品。糖被提纯、晶化，用作防腐剂等。

鱼养在池塘和水库中，再培育新生幼鱼，这成为一项主要产业。①

不过，对中国而言，商贸并不陌生。公元前一世纪，司马迁写道：

> 至若《诗》《书》所述虞、夏以来，耳目欲极声色之好，口欲穷刍豢之味，身安逸乐而心夸矜势能之荣。使俗之渐民久矣，虽户说以眇论，终不能化。②
>
> ——《史记·货殖列传序》

司马迁写过几篇短小的传，专述以投机为生、靠低买高卖方式盈利的商人。公元前五世纪，商人计然曾言："贵上极则反贱，贱下极则反贵。贵出如粪土，贱取如珠玉。财币欲其行如

---

① Elvin, p. 167.
② Ssu-ma Ch'ien, translated by Burton Watson. *Records of the Grand Historian*, Vol. II（New York：Columbia University Press, 1961），pp. 476—477.

流水。"(《货殖列传》)①

　　这种交易是通过丝绸（以匹计）、大米（以袋计）、盐或铜币现金作为交换媒介进行的。现金通常稀缺，到了唐朝中期，人们发现采铜、铸钱、运币的成本常高出铜钱本身面值的两倍。各种"飞钱"②（承兑票据、信用证和私人发行的原始货币）在十一世纪已被朝廷发行的纸币所取代。十三世纪至十四世纪初蒙古人统治期间，朝廷甚至接受百姓用纸币缴纳税赋！马可·波罗惊讶地发现纸币和铜钱的价值一样。如果货币流动开始走低，朝廷将即刻提供黄金或白银代替纸币作为支付手段。"之后的十七八年间，纸币价值未产生任何波动。"③

----

① Ssu-ma, p.48.
② 飞钱，中国历史上早期的汇兑业务形式。唐朝飞钱实为一种票证，类似今天的银行汇票。
③ Elvin, p. 160.

南方都城

在上海以南的沿海省份浙江，仍有一些山区住着苗人。公元五世纪，当谢灵运徒步穿越山丘野壑、在自家农田劳作时，该省大部分地区还被认为处于"野蛮"状态。浙江省以浙江（又名之江）命名，浙江流经黄山南坡和江西、安徽边界三千英尺高的山丘。在杭州湾河口处，浙江因涨潮景观而闻名。北宋被金灭亡十年后，都城由开封迁往位于河口的城市临安，临安被宣布为新都。后来，北宋皇帝携其众臣，与一群皇家落难者逃至临安。临安改名为杭州。

一开始，临安地区是一片沼泽地。公元五世纪，主要河流进行了渠道化，支流则筑坝拦截。原先的城镇就在湖（"西湖"）和江（主流浙江）之间的陆地上渐渐形成。杭州被公认为是中国风景最优美的地方之一。为保持西湖水质，人们付出了艰辛的劳动。这是一座真正的公园，有明文禁止在此种植菱角（长速极快），禁止往水中倾倒垃圾。后来，亭台水榭、码

头、乘凉区相继建立。其分区规划指定了周边的建筑风格。当
地的佛教寺庙广受青睐；周边能俯瞰西湖的著名建筑是雷峰塔，
高约一百七十英尺，由青砖建成。

公元九世纪，白居易曾在杭担任刺史一职。十一世纪末，
苏轼在为期不长的仕途生涯中对西湖开展了大规模的维护和疏
浚改善工程 ①。西湖"苏堤"即以他的名字命名 ②。

一一三六年，杭州人口约为二十万。一一七○年，人口涨
至五十万。一二七五年，杭州人口已过一百万，估计是当时世
界上人口密度最大的城市 ③，也可能是最富裕的城市。经过数年
围攻，南宋都城于一二七九年落入蒙古人手中。马可·波罗在
南宋灭亡后不久抵达杭州，后为元世祖忽必烈效命十七年。他
生动地描述了当时的情况：

　　杭州一边为淡水湖，湖水十分清澈；另一边是一条巨

---

① 西湖湖水充沛时，其他河道以西湖为水源，河水畅通无淤，河水为
百姓日常生活所用。但当时出现湖水枯竭，杭城百姓生存都成问题。
遭遇如此困境时，苏轼制定了全面整治西湖与兴修杭州水系的计
划，一面上奏朝廷，一面筹措工程经费，开始对西湖进行大规模的
疏浚。

② Jacques Gernet. *Daily Life in China on the Eve of the Mongol Invasion*
(Stanford：Stanford University Press，1962)，pp. 51–52.

③ Gernet, p. 28.

大的河流，有众多支流汇入，大江流经整个城市，将一切污秽带走，随后流入湖中，流向大海。如此，城市空气变得清新怡人。人们可以通过陆路，也可以通过水路到达杭州的每一个地方。街道和河道都非常宽阔，车与船可以随时通过，为居民提供物品。

杭州城内有十个大型市场，本地市场则不计其数。大型市场呈正方形，每一边约半英里长。市场前面是一条主干道，约四十步宽，从城市的一端连接到城市的另一端。中间有许多桥。大型市场之间一般间隔四英里。在每一个大型市场中，一周三天，都会聚集四五万人。这些人带来了一切可以维持生活的物品。市场中售卖的食物丰富多样，有雄獐、牡鹿、雄赤鹿、野兔、家兔；也有不少家禽：山鹑、野鸡、鹧鸪、鹌鹑、母鸡、阉鸡，还有足够多的各类鸭、鹅……屠宰场内宰杀体型更大的动物，如牛崽、公牛、小山羊及羊羔。这些动物鲜肉供富贵人家与上层阶级享用。其余贫民草根并不顾忌肉的好坏，他们吃各种不干净的肉。

十个大型市场周围是高层建筑，底层有商铺，出售各式各样的工艺品和奢侈品，如香料、宝石、珍珠。还有几间商铺专卖五香米酒，一直能现做，特别便宜和新鲜。①

杭州很干净。官府将街道清扫干净，并禁止在船运装货地堆放垃圾。垃圾由船收集，统一运出城外。粪便（人类排泄物）的收集工作由专门单位划区处理，出售给东郊大型商品果蔬园。②（与西方普遍观点相反，如果在施用前经过合理的发酵——通常都会先发酵，运用人类排泄物不会引起健康问题。我在日本研习禅宗期间，也用自己的粪便给花园施肥。）马可·波罗记载中，他和蒙古人所说的"行在"，其实就是皇帝的"临时居所"，描写了三千多个公共浴室："我向你保证，这些是世界上最好、最大的浴室——这些浴室大到可同时容纳一百个男人或女人。"③

十三世纪中国南方繁华富庶的生活，为十七八世纪的大阪与东京定下了基调。（在阅读谢和耐④与马可·波罗的作品时，我感觉自己重新回到了二十世纪五六十年代那段在京都生活的时光。河原町通⑤一家咖啡馆里坐满了时髦的西方青年，店名

---

① Marco Polo. *The Travels*, translated by R.E. Latham（New York: Penguin, 1958）, p. 187.

② Gernet, p. 43.

③ Polo, p. 143.

④ 谢和耐（1921—2018），法国汉学家、历史学家、社会学家。

⑤ 河原町通，日本京都一条重要街道，与鸭川西岸平行。

为"田园"，以陶渊明的"田园诗"命名。京都祇园内一间公共浴室以传统的超热浴水为豪，深得生活在该区的女士、夜不归宿的酒客及赌徒的喜爱。还有一间名为"苔丝"的小型现代风格酒吧，被问及店名含义时，时髦的酒吧女老板说："当然是因为《德伯家的苔丝》。"）这些城市虽然拥挤，却不危险。在美国人看来，一座城市的形象是，一个没有个性的商业网络与无人徒步涉足的郊区相邻，这无法体现前现代文化中城市生活的情况。杭州像一个巨大村庄，每年大约有十五个重要节日。在其中一个节日里，皇帝下令开放宫中的一部分，允许民间街头艺人入内，为宫里的人进行街头表演。

马可·波罗写道：

"行在"的原住民是崇尚和平之人。他们没有舞刀弄枪的本事，家中也不藏任何兵器。对纷争或任何分歧普遍表示厌烦和厌恶。他们以极大的忠诚和诚实追求行业和手工艺品工作。对待自己的生意与手工制品，他们向来勤劳肯干、不诓不骗。他们彼此相爱，和睦相处，整个地区就像一个大家庭，不分彼此。

倘若遇上因疾病缠身而无法劳作的穷苦人，他们就会带他去诊所看病。城里的诊所很多，多由古代皇帝建造，拥有丰富的捐赠。病人痊愈后必须学着做一些买卖。①

城市生活永不停息。凌晨两点左右，酒吧与妓院才打烊；凌晨三点，屠宰场就开始工作了。深夜时分，湖面上还漂着灯火通明的船只，成群结帮的人在船内摆宴设局，喝酒唱歌。各种规格和款式的船可供租用。

> 船上铺着甲板，有人站在甲板上，将杆子插入湖底……甲板内层涂有各种颜色和图案，整艘驳船也是如此。船四周有窗，可开可关，这样船上两边的游客可以看看这边，也可以看看那边，把沿途的各色景致和美景尽收眼底……其中一边靠近城市边缘，因而从驳船上可以远距离欣赏整个城市宏伟壮观的景象，其中的寺庙、宫殿、寺院和花园里高耸的树木，都随着奔腾的湖水向后退去。湖上到处是来回行进的驳船，上面挤满了休闲的人。对于这个城市的人来说，一旦他们完成了手艺活或买卖，就会用其余的时间，带着女眷或雇来的女子一起消遣，要么坐船，要么坐马车到处逛逛。②

---

① Polo, pp. 191–192.
② Polo, p. 190.

农产品与木柴皆由水路运进城，柴火是从遥远的内陆山上伐来的。每天至少要消耗七十吨大米。市场上商家为消费者分类供应"新碾米、冬季糙米、上等白米、莲子混米、小米、粳米、普通米、糯米"[1]以及其他很多品种。这儿有几处用膳的绝佳去处：

> 过去，扬名天下的美食当属综合集市的甜豆浆、仁寿殿前的烤猪肉、聚宝门前的宋嫂鱼羹，还有羊肉米饭。之后，在一二四一年至一二五二年间，猫桥卫大刀的水煮猪肉，五步亭附近周五号的油炸蜂蜜饼也堪称一绝。[2]

到公元十世纪，雕版印刷术已被广泛使用。越来越多的人开始读书识字，人们不再以"文盲"与"儒家精英"划分社会阶层。商人、游僧、农业经营者、大家闺秀等都读书。"目录手册、百科全书和专题论文出现，包含了广泛的主题：针对异石、玉器、硬币、文墨、竹子、梅树的研究著作……还有研究绘画

---

[1]　Gernet, p. 86.

[2]　Gernet, p. 137.

和书法的专著，以及地理著作。"① 西湖早已因苏轼和白居易两位伟大诗人闻名于世，而以它的名字命名的"西湖诗会"，更是接纳了不少当地文人和访问学士。诗会举办野餐会、酒会和各类比赛，获奖诗歌得以广泛传诵。杭州有文人雅士、深闺女子、花花公子、街头伙计，以及刚入城的乡下姑娘。只需看一眼，就能分辨出这些乡下姑娘是在厨房帮厨的，还是在茶馆打工的。

> 沿着大运河往下，就是镜湖，那里有上等犀牛皮。
>
> 旧币街上的康庄三号店铺里，有最精美的头巾；
>
> 橘树园避暑屋附近的大树旁，有个书摊，那是淘得二手好书的最佳去处；
>
> 铁丝巷内的柳条笼，
>
> 费氏的象牙梳，
>
> 煤桥上的折扇。②

人们往往早早起床，早早完工，将下午空出来，用以购物和社交。夏天凌晨三点，冬天四点，城郊的佛教寺庙会准时鸣钟。凌晨四五点，和尚和道士就会沿着小巷行走，有节奏地敲

---

① Gernet, pp. 229–230.

② Gernet, p. 85.

打着手中的木鱼，大声播报当天清晨的天气情况："开始下小雪了。"之后，他们开始宣告当日的国家大事——要么是某个节日的准备事宜，要么是皇家的宴请活动，要么是某个建筑规范的听证会。"宫中早朝一般五六点举行。七点已太晚。"①

---

① Gernet, p. 182.

帽与扣

蒙古灭宋时，穷人还能勉强吃到荤腥，比如一点鱼或猪肉。而近几个世纪，人们一年到头只能吃上一两顿肉。富人依旧有钱外出狩猎。显然，市场没有规定不准买卖猎物，但买主得谨防以驴肉、马肉假充鹿肉[1]。早在两个世纪前（与苏轼几乎同时代），沈括就预言森林日后必将遭到过度砍伐。他的话得到了应验。宋的经济扩张刺激了中国工业发展，"其发展程度几乎与早期英国工业革命旗鼓相当"。即便到了十九世纪，北宋时期的产铁量仍首屈一指。段义孚[2]总结道：

> 日益飞涨的产铁量无疑给木材资源带来了压力。为满足大城市日益增长的人口和造船需求，木材资源的压力

---

[1] Gernet, p. 137.
[2] 段义孚（1930—　），华裔地理学家。

日趋严重。金属工业吞噬了成千上万吨木炭。不仅如此，盐、明矾、砖块、瓷瓦、酒等产品加工也需用炭。北宋应属中国森林砍伐最快速的时期。最先遭殃的是中国北部地区……城市与工业所用的木柴与木炭必须从南方运输。直到十一世纪，煤炭有效地代替了木炭，这才稍稍缓解了严峻的木料短缺问题。[1]

湿地变干地。对于依靠池塘和在河口打鱼、采摘食用水生植物的当地百姓而言，将水稻种植区扩至"荒地"或湿地，有违他们的利益与意愿。为中饱私囊、收取税赋，大地主及官府衙门自己承包了这些土地管理项目。（导致谢灵运被处决的一系列事件的起源，就是因为他计划排干现在绍兴城附近的回踵湖。回踵湖地处公共土地上，但谢灵运作为土地拥有者，以他的声望，以为这件事应该可以处理好。恰巧当地太守是他昔日政敌，太守对谢灵运的敌意，加上当地农民和谢灵运带着器械的家丁之间各类冲突的报告，给他造反的罪名提供了确据。）宋朝末期，国家开始实行税赋减免政策，借此鼓励小农户到长江三角洲的湿地耕种。结果，不仅穷人采集的野生食物减少，水禽栖

---

[1]　Tuan, pp. 130–131.

息地和沼泽生态系统也遭到破坏。

与湿地与森林的情况一样，人类缺乏对自然的准确认识。在过去的几个世纪里，中国人一直认为雌龟配雄蛇①，有铜像画的就是龟蛇交配②。不论是乳臭未干的小子，还是通晓一二的老渔夫，凡是他们提供的消息，即便准确，亦无价值。人们渐渐发现，所谓无害的壁虎与蟾蜍，其实是有毒的③。野猪体躯壮硕，曾现身于汉朝狩猎场，唐朝艺术作品中也曾出现。在后世朝代的艺术作品中，被背部凹陷、垂着耳朵的家猪取代。④

自商到秦，动物和昆虫常以传统的形式出现在中国艺术中，有时也结合古代中亚斯基泰人⑤的艺术特点。这些艺术作品无一与花有关。那些看起来像花的设计，实际上是环成圈、凑成螺旋状的昆虫与爬行动物。⑥直至汉朝，艺术作品中才出现真正的大型动物，如群犬逐鹿、戴项圈的老虎等。汉朝以降，动物在艺术作品中的呈现方式变得愈来愈富有象征意义及传奇色彩。

---

① 古人误以为雄龟没有交配能力，雌龟要跟蛇交配才能下蛋。
② 古人认为龟蛇缠绵的铜像可消灾避难。
③ 壁虎尿是微毒的；蟾蜍喷出的乳白色液体是微毒的。两者皆会造成人体皮表不适。
④ Arthur de Carle Sowerby. *Nature in Chinese Art*（New York：John Day，1940），pp. 65, 99.
⑤ 斯基泰人，中亚和南俄草原上印欧语系东伊朗语族的游牧民族。
⑥ Sowerby, p. 129.

"绘画、木雕画、油漆屏风、挂毯、刺绣、石刻浮雕、家具和建筑的装饰都有象征意义。这个事实有助于解释为什么在中国艺术作品中，有些动物频繁出现，而为人熟知的动物却极少出现，甚至从未出现。"①

在中国，豹的数量远多于老虎，可在艺术作品中难觅其身影。其他很少出现在艺术作品中的动物有刺猬、鼩鼱、鼹鼠、东南部麝香鼠、穿山甲、麝香猫以及许多包括箭猪在内的啮齿动物。昆虫常通过多种介质出现。在汉朝，死者嘴中需放入一颗精雕玉蝉。毛蟹雕于青铜器上，栩栩如生。在索尔比关于"中国艺术特征"的研究中，我们发现：黑玻璃的鼻烟壶上，用浅浮雕技法雕成的蝶；用玉雕刻的一条无名鱼；顶部雕有蟾蜍的大理石印章；鲤鱼、鲦鱼、刀鱼、鳜鱼、鲶鱼、苦鱼等写实的卷轴画；"蜂藏于裂竹"图案的象牙雕；未上釉的双峰骆驼雕像；六朝时期以假乱真的套轭大象；犀牛形象的镶银铜腰带扣。

可怜的犀牛。帽子和带扣的腰带是男性服饰必不可少的。格内特写道：

有两样东西可将中国人与野蛮人区分开来……上等腰

---

① Sowerby, p. 44.

带上嵌有玉制、金制、犀牛角制的牌或扣。犀牛角是从印度进口的，据说孟加拉的犀牛角属上乘……九世纪，一位阿拉伯人写道："中国人愿意出两三千第纳尔甚至更多买犀牛角制作腰带扣……"犀牛角的天价和中国人用其制作饰品所带来的强烈喜悦，很难仅用其稀有价值来解释：迷信与艺术品位才是这股热情的根源。的确，我们发现"有时犀牛角会被雕刻成人、孔雀、鱼或其他东西的形象"。①

---

① Gernet, pp. 131–132.

远　山

对于通过科举考试接受官职的人来说，从一个地方转到另一个地方成了一种生活方式。他们通常每三年换一个任职地。一〇三七年，苏轼出生于四川峨眉山下的眉州。与宋朝许多政治家、文豪一样，苏轼家境并不富足，"与当地纺织业有关"。早年，他与弟弟在当地接受一位道士教导。之后，两人随父开始了千里之行，沿长江北上至都城开封。兄弟俩皆一举中榜，一鸣惊人。在早期诗歌《江上看山》中，苏轼描述了他与父亲和弟弟一起乘船穿过三峡。诗中多少呈现了当时的景象：

　　　　船上看山如走马，倏忽过去数百群。
　　　　前山槎牙忽变态，后岭杂沓如惊奔。
　　　　仰看微径斜缭绕，上有行人高缥缈。
　　　　舟中举手欲与言，孤帆南去如飞鸟。[①]

[①]　Su Tung-P'o. *Selections from a Sung Dynasty Poet*, translated by Burton
Watson（New York：Columbia University Press, 1965）, p. 23.

苏洵、苏轼、苏辙三人皆在朝当官。一〇六六年，父亲苏洵去世，苏家两兄弟将其带回四川安葬。这是苏轼最后一次返回家乡。那年他二十九岁。

苏轼与其诗友宦游四方，给人的印象是，他们不再关心特定的景观。事实上，他们中的许多人没有一处可称之为家、有家的气息和野生植物的地方，但是在乘内河船或运河驳船的长途旅程中，沿途的景色犹如一幅恢宏画卷在眼前徐徐展开。同时，他们高兴地意识到并欣然接受"我们生活在社会中"。他们描写家人与邻居日常生活的诗歌单纯、平淡且不失乐趣。道家推崇的"归隐山林、打破陈规"的思想开始显得浪漫和不负责任。小城吉川对宋诗的乐观主张表示赞同，认为这恰恰回应了《诗经》中对日常工作和繁忙的农耕生活传达的乐观主义。唐诗中表达的主要情感是悲戚和伤感：生命无常，唯有山河。[①] 宋朝诗人梅尧臣的诗歌用词简朴粗犷，风格低调，所描写的事物是优雅激昂的唐朝诗人永远不会触及的。以下是杨万里描写苍蝇的一首诗：

---

① Kojiro Yoshikawa. *An Introduction to Sung Poetry*, translated by Burton Watson（Cambridge，MA：Harvard University Press，1967），p. 25.

隔窗偶见负暄蝇，双脚接挈弄晓晴。

日影欲移先会得，忽然飞落别窗声①。

——《冻蝇》

苏轼背倚着船，变得愈发超然：

中流自偃仰，适与风相迎。

举杯属浩渺，乐此两无情。

——《与王郎昆仲及儿子迈绕城观荷花登岘山亭晚入飞英塔》

小城吉川在简单分析宋诗中的自然景象后发现，"日落"是唐诗中常用的意象，具有强烈的悲伤色彩。苏轼在佛教寺庙中见到日落时，别出心裁地写道：

微风万顷靴文细，断霞半空鱼尾赤②。

——《游金山寺》

---

① Burton Watson. *Chinese Lyricism*（New York：Columbia University Press, 1971), p. 202.
② Yoshikawa, p. 47.

吉川先生注意到，"雨"是宋诗中经常提到的意象。如和同室友人交谈，同卧听雨；如雨天焚香研习。

欲知白日飞升法，

尽在焚香听雨中。

——陆游 [1]

在迁移频繁、结构复杂、疆域辽阔的社会，世人实难维持"地方所在感"。人文关怀可以在任何地方培养，但对于自然界的某种理解和信息，只能由保持原地不动并不断观察的人来获得。宋朝一些圈子里还流行"静观其变"，即默想禅修。宋朝有些诗人与思想家之所以没有迷失在自然意义中，得益于他们对自我更深的理解。一个不同类型的基础出现了。

宋诗的独特性大部分归因于不断创新的苏轼。从他坚定、深刻、敏锐的诗词中可以看出，苏轼也是一位高超的禅修者。在关于僧侣和寺庙的诗中，禅并没有发挥多大影响；我们发现禅体现在更寻常的地方。但是，当苏轼谈到与天空"乐此两无情"，他不是在表达自然的无情或冷漠。在天空和自我的相互忘

---

[1] Yoshikawa, p. 48.

怀中，禅修者赋予每片草叶、每块卵石生动的神与形。唐朝诗人对无常的痴迷是对大乘佛教普遍感知的压力和情感的回应。禅师从来不为自我怜悯所困扰，并且把一种打趣而勇敢的取舍方式带入对无常现象的研究中。我怀疑宋朝诗人比唐朝诗人更真实地体现了禅宗的精神。从自然环境的角度来看，唐朝的观点几乎可以逆转——似乎山、河，或者至少是森林和生物、土壤和地层，都比我们想象的要脆弱得多。人类不屈地忍受着。

风起潮涌

　　杭州的统治者和朝臣从未真正意识到蒙古威胁的严重性。他们在园林中蹉跎岁月，对彼此的鉴赏力品头论足，把审美主义推向极高的水平。蒙哥可汗（孛儿只斤·蒙哥）入侵西藏，其弟忽必烈与他一起加固西北边境的防御工事，耗时十余年。其间，他们对南宋并没有太多关注。

　　每年九月，杭城百姓纷纷拥向钱塘江两岸，观赏涨潮奇观，不过他们并不知道潮汐与月球引力有关，只认为那是龙王在作怪。这是一年一度观潮的最佳时间，水流从海湾涌向河流，流经城市。为方便皇帝与皇亲国戚观潮，专门搭建了皇家观景台。有一年，潮水汹涌而上，之后出其不意地吹来一股狂风，潮水凶猛地漫过堤坝，当场淹死好几百人。[①]

---

　　① Gernet, p. 195.

不儿罕合勒敦山 [①]

在宋朝，中国文明已达到相当高度。李约瑟 [②] 与马克·埃尔文一致认为，西方式科技革命在十三世纪的中国一触即发；起码已具备了许多先决条件。（然而，设想这种演变必定受欢迎，那是愚蠢的。）蒙古灭宋无疑对中国文化产生了巨大冲击，但历史若缺了这一页，中国极可能会经历类似的过程：稳定发展，日益缺乏创新和实验意识，经济和生产力缓慢回落。承认这种衰退后，我们还需明确一点：在经济衰落期间，西方文化不可能达到稳定与相对繁荣。赖肖尔 [③] 评论道："除原始民族外，历史上几乎找不出类似的时期了。" [④]

[①] 不儿罕合勒敦山，历史记载中的一座山，可能位于肯特山的某个区域，在乌兰巴托东北方 160 公里处。

[②] 李约瑟（1900—1995），原名约瑟夫·尼达姆，因尊崇老子（李耳）起名"李约瑟"。他花费近五十年心血完成《中国科学技术史》，改变了世界汉学研究面貌。

[③] 赖肖尔（1910—1990），美国教育家。

[④] Reischauer and Fairbank, p. 241.

表面上看，宋朝一片繁华，实则暗藏危机。宋有一半以上的人是佃农，他们还得把一半收成作为租金交给地主。自然资源的减少和人口的增长，将实验性商业变为节约劳动力的装置：劳动力愈发廉价，材料成本却不断飙升。农场规模缩减、耕地过度使用、人口急速上涨，带来了税收和个人收入的下降。南部与西南部的边境地区已达饱和。宋明理学的哲学家开始关注社会问题（几乎到了沾沾自喜的地步），但他们对社会的分析不够深入。上百万的百姓在淮河流域的盐沼中做奴隶。

北方汉化的女真族和其占领的区域横跨了鄂尔多斯及戈壁，其中住着蒙古部落。一些蒙古族人，把不儿罕合勒敦山、在斡难河（阿穆尔河支流）附近与贝加尔湖的东南偏南区域，和他们传说中的祖先"苍狼"与"白鹿"联系在一起。约在一一八五年，一个名叫铁木真的十八岁少年被篾儿乞部的骑兵追杀，逃到这座山坳里。接连好几天，篾儿乞部穿过柳树丛，越过茂密的山林与沼泽追赶铁木真。不过，他们一路只能找着铁木真的马留下的蹄印，却总追不上他。最后，篾儿乞部的人只好下山掳走村中的一些女人，便离开了。《蒙古秘史》描述铁木真下山时说道：

虽然我生命微弱如虱，我逃到了不儿罕合勒敦山。

这山救了我的命，救了我的马。

我骑马行过野鹿踏出的小径，用杞柳编茅舍，

登上了合勒敦山。

我虽仓皇而逃，命微如虫蚁，

不儿罕合勒敦山庇护了我。

我日日清晨对山祈祷，奉献牺牲祭拜你。

话毕，铁木真用手捶胸，对着太阳跪拜了九次，向空
中挥洒马奶。他再次祷告。

——《蒙古秘史》第一百零三节 ①

好不容易捡回一条命，铁木真跟着被族人抛弃的母亲与兄
弟生活了多年。平日，他们设陷阱捕松鼠和旱獭，捉鸭，钓鱼，
以此为生。而后，铁木真被推选为蒙古乞颜部可汗。一二○六
年，在一次忽里勒台 ② 上，铁木真被冠以"成吉思汗"的尊号。
自那以后，成吉思汗对通古斯人所在地发起了首次进攻。历经
多次战役，获胜无数后，一位李姓佛僧前往哈拉和林 ③ 拜访成

---

① Yuan Ch'ai Pi Shih. *Secret History of the Mongols*，translated by Paul
Kahn（Berkeley：North Point Press，1983）.

② 蒙古语，意为"聚会"。

③ 哈拉和林，蒙古帝国首都，元朝岭北行省首府。今蒙古国境内前杭
爱省西北角。

吉思汗。据传，成吉思汗说：

> 老天亦不喜欢中国毫无节制的奢靡生活。我留在北方的荒野地区，回归简朴的生活，寻求节制，不奢靡。至于我所穿的衣服和我吃的饭菜，我穿牧马人穿的破烂衣衫，吃马夫吃的食物。我把士兵当作我的兄弟。①

成吉思汗并没有完全过着简单的生活，但他行事果断，非常强硬。他也是一位伟大的军事战略家。在成吉思汗之前也有不少骁勇善战的蒙古游牧战将，他们在与中国、突厥、波斯的征战中赢得过很多次胜利，却没有一个人在身后留下一个帝国，开创行政管理体制。这部分是因为他十分关注战俘中的工程师和建筑师，是他们教会了他如何围城、如何破墙。

---

① René Grousset. *The Empire of the Steppes* (New Brunswick, NJ: Rutgers University Press, 1970), p. 249.

中原之外

中国山民

楚越之地，地广人希（稀），饭稻羹鱼，或火耕而水
耨，果隋嬴蛤，不待贾而足，地势饶食，无饥馑之患，以
故呰窳偷生，无积聚而多贫。是故江淮以南，无冻饿之人，
亦无千金之家。

司马迁《史记·货殖列传》

（公元前 90 年）

这些南方人虽与中国北方人一脉相承，却曾被视为蛮
人——"戴帽子的猴子"。如今，南方人已彻底同化，大部分是
完完全全的文明人。只有在南方偏远山区或飞地，还能找到南
方文明留下的踪影。

在中国，广大劳动人民种植小米与大米，是国家财富的主
要来源。中国北部中心地带（黄河沿岸的低地）的东北方，海
拔上升，降雨量减少。这是一片草原和半荒漠地区，不适农

耕。南方土地看似困难重重，但山谷丛林间仍可以转换为耕地。所以中国向南扩张。到了公元六〇五年，从长江以北到都城的一条粮食运输系统已经完工。中国南方逐渐成为国家最具生产力的地方。几个世纪以来，居于低地的原住民改变了生活方式。他们取了汉语名字，列入税单。原属民族历史逐渐淡忘，汉人（中原地区居民的旧称）移民在数量上远远超过了当地居民。然而，对低地特别适用的专业化农业体系对丘陵经济用途不大。数百处非汉人文化的高地岛屿以散落的森林群落的形式幸存下来，人们将狩猎、采集与刀耕火种相结合。原住民不肯轻易放弃。公元四〇四年至五六一年间，他们在湖北——陕西——湖南——安徽的中心地带发起四十多次起义。江南（即长江以南地区）、贵州云南西部，人口数量庞大，大部分都不是汉人，即今日的"彝族""白族""傣族""苗族""瑶族""傈僳族"。

南部地区的海拔大多有三千多英尺高，到了滇西、四川一带则更高，约为一万五千英尺。中国东南部地区降雨量最大——山区全年降雨量最高达九十英寸。在苗族人的主要分布地贵州，乌蒙山保护区的森林植被，为我们提供了当时西南森林的样本……胡桃、桤木、山茱萸、鹅掌楸、枫香木、山毛榉、常青树、橡树、锥栗，以及肉桂、黄樟等樟科树木。保护区外后起的松树林已是主要树种。

唐宋时期，南方非汉人统称为"蛮"，即马可·波罗称为"蛮子"中的"蛮"，在他称为"契丹"①之地的南边。"蛮"的英译为 barbarian，意为野蛮人。这个地区最古老的名字，若按中世纪的中国发音，该叫"Nam-Ywat"，现代汉语中的"南越"，另一种现代叫法是"越南"（两个字对调）。唐统治时期，该南部地区包括整个中国南部的沿海地区，主要城市是广州。领土边界位于红河三角洲②南部，河内以南，中国文化影响力日益增长，最终超越了占城③的文化影响。"越"可能是"斧头"的意思，南方人惯用"石斧"。越南幸存的山地部落与更北面的部落同脉，如今被称为蒙塔格纳德人④。大多数蒙塔格纳德人使用的语言属汉藏语系：藏语、缅甸语、傣语、瑶语、苗语。这些部落被称为赫蒙族（苗族）、侬族（壮族）、麻族、拉哈族、哈尼族、佬族。云南西南边境，一部分居民讲高

---

① 受《马可·波罗游记》影响，该词最早流行于欧洲。马可·波罗的时代，外国人（主要是阿拉伯人和波斯人）视中国为两个国家，中国北方是契丹国（辽、金），南方是蛮子国（指南宋）。
② 红河三角洲，也称北部三角洲，越南北部由红河及其支流太平江冲积而成的平原，是越南北部的主要经济区域。
③ 占城，东南亚古国之一，与扶南（今柬埔寨）一样是最早有史可考的国家。
④ 蒙塔格纳德人，越南山区民族。

棉语。

十三世纪，马可·波罗游历中国南部。他在书中谈到女性自由和不断听到的有关暴力、抢劫的传言。书中的某些故事可能是从守旧或父权制的中国人那里听来的。马可·波罗为我们描述了一种富足的生活："游客来到一个拥有奇山异石、磅礴峡谷、郁葱森林的国度，西行二十天……那里的人是偶像崇拜者，以地里长出的果实、野味和家禽为生。那里有狮、熊、猞猁、鹿、獐，还有许多可制麝香的小鹿。"（马可·波罗似乎不太可能见到狮子）

这些原住民说话时发出猴子般的啼叫声，汉人因此将他们称为半兽。诺苏族或罗罗族（今彝族）的祖先据说是松树。这些传说只是证实了征服者的这种观点。不过，汉人觉得蛮族女子十分漂亮，因此南方部落的女人被定期卖到北方的富贵人家，做妾或奴婢。蛮人出了名的英勇无畏："他们酷爱刀剑，视死轻如鸿毛。"后来，皇帝派凶狠残暴的杨将军去对付他们。公元七二二年，杨将军打败蛮族部队，尸体堆积如山。

尽管有暴乱和争斗，汉人与这些部落之间也曾有过和平的贸易期。当时，国家推出"以蛮治蛮"的政策，赋予某些部落头领特权，管理另一些部落。作为回报，头领需进贡翠鸟羽毛、象牙、犀牛角等。与北美和西伯利亚一样，中国的原住民一旦陷入与文明社会的贸易关系，首先遭殃的就是野生动物。

公元九世纪，刘禹锡被流放到广东，作了一首《蛮子歌》：

蛮语钩辀音，

蛮衣斑斓布。

熏狸掘沙鼠，

时节祠盘瓠。

忽逢乘马客，

恍若惊麕顾。

腰斧上高山，

意行无旧路。

同化后的蛮人与汉人几乎没有差别，有些人作为商人或行政官进入地方政权。也许中国历史上最著名的原住民混血儿是禅宗六祖惠能。惠能的父亲是汉人，母亲是原住民（可能是佬族）。惠能曾在自传中愧疚地说："我虽自幼受蛮人氛围的熏陶，受佬族风俗的影响，但两者皆未深入我心。"据传，菩提达摩曾只身从南部的广州港进入中原。（在苗族领地［今贵州］，早期佛教徒在悬崖上刻下爪哇南部与南印度艺术的图像。）以惠能为代表的南派禅宗，明确拒绝公认的形式和思想，主张唯心论。

或许，通过惠能，原住民朴实独立的生活，促进了禅宗生生不息的发展。

在远东的佛寺里，最珍贵的香料非沉香莫属。即使现在，在京都的建国纪念日庆典上，寺庙高高的天花板也总是环绕着沉香的青烟。此香从与海南黎族的交易中获取，作为回报，黎族人得到钢斧、短斧、谷物、丝绸和斧头。

如今，贵州省住着三百万苗族人①，近一半已设为自治州。广西壮族自治区住着七百万壮族人。云南省不少地区也已实现自治，自治州内住着说藏缅语的山民。谈及苗族人，主流文化下的汉人与基督教传教士都为苗族人感到震惊。二十世纪二十年代，一位美国游客写道："每个村庄都有自己的娱乐场所，在那里，姑娘们夜夜聚在一起载歌载舞，本村和附近村落的年轻小伙会到此寻找心上人。"姑娘们身穿鲜艳的上衣、外套与裙子，"衣物上的复杂图案多为红色，具体颜色搭配则五花八门，百无禁忌。姑娘们一走路，裙沿便俏皮地来回飘荡……裙子裁剪得当，方便姑娘们在陡坡锄地"。苗族人自己酿酒喝，至今还会举办盛大的狂欢节，名为"龙船节"②。

值得称道的是，过去的几个世纪里，至少在中华人民共和

① 据全国第五次人口普查，贵州省约有 430 万苗族人。
② 农历五月二十四至二十七日。

国接管之前，山林受到原住民（比经济上主导的中国人更多）的保护和再植。原住民以山为家，把野生动物当伙伴，这在他们的民间故事里对虎的称呼中即可看出：在神话传说中，老虎被称为"条纹兄弟"。

狼毫

前现代中国高度文明社会中的精英，儒雅，好学，练达，世俗，有艺术气质，极度自信。皇权政治与大自然和天地间（太阳、雨水和土壤）的季节交换保持着仪式化的关系，这是在精心设计的天地圣殿中进行的国家圣礼。（最盛大的仪式由皇帝亲自主持。）

　　自然界及其景观被视为纯洁、无私、美丽和有序的领域，与朝廷无法避免的腐败和时常残酷的政治纠葛形成鲜明对比。读书人要想成为精英中的一分子，获得声望和财富，所要付出的代价就是，儒家人文主义与管理一个县或省的现实之间必定存在差距——多级行贿、做假账、巧妙施压等。官位越高，其身家性命越容易受到政敌致命的算计。

　　远山呈现的地平线提醒人们还有一个生动的世界，那里有清澈的流水、耐心的岩石、凝神的树林、缭绕的云雾——一切似乎超越无常人心的自然变化。孙绰[①]在其赋中形容这些自然变化："太虚辽廓而无阂，运自然之妙有，融而为川渎，结而为山阜。"(《游天台山赋》)公元五世纪，步入晚年的画家宗炳[②]因病无法再涉足心爱的山水，以画抒情，可惜其画作未能流传下来。

宗炳为隐士创作了一篇精美的作品：

> 于是闲居理气，拂觞鸣琴，披图幽对，坐究四荒，不违天励之藜，独应无人之野。峰岫峣嶷，云林森眇。圣贤暎于绝代，万趣融其神思。
>
> ——《画山水序》[③]

宗炳曾提出一种山水画理论，在接下去的几个世纪里一直得到推崇："圣人含道暎物，贤者澄怀味像……夫圣人以神法道，而贤者通；山水以形媚道，而仁者乐。不亦几乎？"(《画山水序》)[④]半个世纪后，谢赫[⑤]提出山水画的首要原则是"气韵

---

① 孙绰（314—371），东晋玄言诗人、书法家。

② 宗炳（375—443），南朝宋画家，擅长书法、绘画和弹琴。

③ Quoted in Oswald Siren. *The Chinese on the Art of Painting*（New York：Schocken，1963）p. 16

④ Quoted in J. L. Frodsham. *The Murmuring Stream*，Vol. I（Kuala Lumpur：U. of Malaya, 1976），p. 103.

⑤ 谢赫（479—502），南朝齐、梁间画家、绘画理论家，善作风俗画、人物画，著有我国第一部绘画论著《古画品录》。

生动",意为出色的画作理应具备一种生动的气度韵致,如磐石有灵,赏画人欲身临其境。尽管谢赫已清楚地解释这一传统基本美学,但近千年以后,这些理论才以绘画的形式呈现。几个世纪以来,山水画艺术得以逐步发展。

"气"这一概念可理解为"内在能量、呼吸与精神",尽现了古老东亚万物有灵论的复杂性。李约瑟称其为"物质能量",并将它视为原始科学术语。如今,人们普遍认为物质是无生命的。即便是隐喻,成年人也不屑于"石头具有生命和精神"的观点。长期在自然环境中工作的人,对河流系统、大草原或山脉也几乎产生不了共鸣。如果人类对自然施加太多影响,就不会轻易感受到这种共鸣。这很奇怪,却是事实。

全世界的古代艺术品往往以抽象或几何的形式呈现。从纹面到岩画,螺旋图案被广泛使用。在早期中国装饰艺术中,旋涡常用来表达事物的"气"。艺术家开始描摹云层、流水、雾气、上升的烟雾、植物的生长(藤蔓)、岩层和五花八门的光线效应等形成的图案中可见的能量流。根据苏立文[1]的观点,他们继续勾画出姿态奇特的动物或自然界精灵,为原始型生物和原始型地形之间建立了关联。七弯八拐的线条在艺术家笔下变

---

[1] 苏立文(1916—2013),英国艺术史家、汉学家,牛津大学荣休院士。

成了重峦叠嶂。①

汉语中的"文明"，字面意思为"理解文字"。孔子时期，人们用刀在竹简上刻字②。后来发明了纸与毛笔，为人们提供了更为流畅的书写体验。在中国，书法被看作平面艺术的最高境界。画家使用的工具与作家的一样，即"文房四宝"——笔、墨、纸、砚。笔即毛笔，通常有一支竹柄，笔头用兔、獾、鹿、狼、貂、狐及其他动物的体毛制成，甚至还试过老鼠胡须。从碎瓦片到奇石异宝，任何东西都可以用作砚。纸据说发明于公元一世纪，较常见的用料有桑、麻、竹。宋元时期，画家极其青睐一种名为"澄心堂"的纸，该纸呈白色，表面光滑，质地轻薄。也有把画绘在丝帛上的，但纸的保存时间更久。制墨时，先将松木放于煤窑内烧，收集烟灰，再将烟灰与皮胶混合（有一种著名的胶是用东江水煮驴皮制成的），最后加入香料，压制成带花纹的条状。③慢慢地打圈研墨，蘸墨润笔，铺纸——这一连串动作似乎完成了一次对石头、水流、树木、空气、灌木之本质的思考。

---

① Michael Sullivan. "On the Origins of Landscape Representation in Chinese Art." Archives of the Chinese Art Society of America VII, 1953, pp. 61—62.

② 此为谬传，古人用毛笔写字，而刀用于削写错的字。

③ Sze Mai Mai. *The Way of Chinese Landscape Painting* (New York： Vintage, 1959).

现存最早的山水画（唐朝早期，约公元七世纪）更像是透视图。王维的《辋川图》是对一个真实地点的视觉指南，显著之处几乎没有任何标注。早期画的群山居于中心，荒凉，树像是粘上去的。那可能是一座名山上一座名寺的旅游指南示意图。那些画作至今仍与旅行、土地使用记录或诗歌有关。

到了十一世纪，宋画开始向大空间拓展。岩层、草木、山河溪流系统，通过神奇、逼真的空间过渡，栩栩如生地流转起来。散文家兼画家郭熙①提醒道，每走一步，你眼中的山体形状都会随之变化。对生物地理学感兴趣的人，可以从画中区分出北方干燥而广阔的山脉与南方茂盛、潮湿、雾气弥漫的山谷。在这些巨大的场景中，有几条小渔船、几座小茅屋（农舍）、背着行囊的旅行者，定格为一幅有岩石环绕、雾气弥漫、永恒的、梦幻般遥远而宁静的景色。画中人虽小，却作了细致的渲染，正在做着该做的事，或斜躺着享受其独有的世界。

谈到画法，一般有两个极端：湿画法与干画法。有的地方落笔精细、线条有力，细致的工艺体现在一片片叶子和一块块鹅卵石上；而有的地方运用泼墨手法作明暗处理，画出近山、远景、密林，这就是所谓的水墨写意画法。

---

① 郭熙（约1000—约1090），北宋画家、绘画理论家。

宋朝大多数山水画家并不总是亲临他们所描绘的山岭，比如"溪山无尽"派的水墨画卷。借用已有的写意画法，宋朝画家笔下的山与重力学、地形学全然相悖，好像飘浮在雾中似的。但是这些创作在某种程度上都是忠于有机生命和生物圈能量循环的。这些画让我们看到，地球表面是有机体的一部分，水、云、岩石和植物的生长都在上面彼此流动——岩石置于水下，瀑布从云上倾泻，森林在空中茂盛生长。我花了如此多的篇幅只想说明，生物圈能量循环过程就是通过彼此垂直流动的。宏观环境（如热带热力发动机）与微观环境之间的循环都来源于有机生物；大气层是植物的呼吸，在整个星球上空翻腾，在热力学（或任何引领错综复杂的事物的理论）指引下优雅盘旋。"自然通过自我纠缠产生美。"①

宋画中的山川和河流迷人而遥远，但这些地方都是可到达的。登山者凝视眼前的山川，想象往上攀登的各种路径，心旷神怡。从远处看似乎垂直的侧面，采用透视缩短法看到的山坡、山脊、山沟有斜坡、凹口和壁架，实际并非如此，也不可能。当然，如果你受过视力训练，也能看出来。范宽的《溪山行旅图》（约 1000 年）是一幅高七英尺的挂卷，仔细看可以辨别出，

---

① Otto Rössler, quoted in Gleick. *Chaos* (Penguin, 1987), p. 142.

从烟囱一直到瀑布左侧有一条通道。旅客和他们的背包画在下方小路上，很安全。他们可能会进入十九世纪七十年代的约塞米蒂谷①。南宋与元朝的山水画（尤其是手卷画）更为秀气。在绘画的演变过程中，山川变得更加容易攀登，甚至可以轻松地从一端走到另一端。正如李雪曼②所言，画中的景物不再是"山川"，而是"石头、树木和水"③。

十二世纪，北部一半国土落到契丹手中，长江下游的城市成了南宋贫困艺术家与文人的避难所。历史悠久的南方文化圈一直比北方文化圈更接近道家思想。当时的禅宗与绘画分别分为南北两派。不论是禅宗还是绘画，相比于北派，南派的表现方式与手法更直接、更直观。大规模聚集在南方的艺术家推出了全新的绘画风格——笔墨更清淡、更透彻、更有启发性、更敏捷，取景也更为自然真实。夏圭④、牧溪⑤、梁楷⑥等人的画

---

① 约塞米蒂谷，美国加利福尼亚州中东部内华达山西坡的冰川槽谷，在圣弗朗西斯科以东约 251 公里处。
② 李雪曼（1918—2008），美国作家、艺术史家、亚洲文化研究专家。
③ Sherman E. Lee and Wen Fong. *Streams and Mountains Without End* (Ascona, Switzerland: Artibus Asiae, 1976), p. 19.
④ 夏圭，生卒年不详，南宋画家，代表作有《溪山清远图》《西湖柳艇图》《雪堂客话图》。
⑤ 牧溪，生卒年不详，南宋画僧，代表作有《潇湘八景图》，被誉为"日本画道之大恩人"。
⑥ 梁楷，生卒年不详，南宋书画家，代表作有《李白行吟图》《六祖截竹图》《泼墨仙人图》《布袋和尚图》。

作，深受日本禅师和商家的欣赏，他们的许多作品都由日本人购买，换来许多中国人需要的精美的日本武士刀，来打击北方侵略者。大量画作最终辗转到了京都的真宗高田派本山专修寺（真宗高山派本山寺院），至今还保存在那里。

有些卷轴中的山水虽是出于想象，但不应掩盖其参照实际景物所取得的成就。卷轴上最奇妙的山峰，其原型为广西喀斯特石灰岩峰；云雾缭绕的悬崖峭壁和茂密的松树则是安徽省南部景色的特点。《芥子园画谱》（约 1679 年）介绍了多种山形地貌，并系统列举了能够传神塑造山水的传统用笔、绘画技巧。李约瑟指出，不同笔法展现不同地形特征：冻结成冰或大量受腐蚀的斜坡，有些是峭壁，常以披麻皴表现；山坡处带水的沟槽则用荷叶皴（荷叶的茎部画毕，挂起自然风干）；解索皴运笔需干燥且呈现发散状，用以表现山峰脉络纹理；云头皴画的是风化后的各式片岩；牛毛皴用笔圆浑，多用于表现火成岩（又称岩浆岩）；破网皴多用于表现不规则、轻微风化的沉积岩；鬼脸皴或骷髅皴多用于表现石灰岩；地表裂痕，垂直往上、线条硬朗的岩石（形似晶体），则用马牙皴。[1]

《大清一统志》是一部十八世纪的地理百科全书，其中"山

---

[1]　Joseph Needham. *Science and Civilization in China III*, p. 597.

川"一章附有插图。这些木刻印版以传统绘画为基础，不仅对几处特殊的景色作了恰当的着色，还精准地体现了其地理特点。李约瑟强调该如何辨别四处环水的巨石矿床、峨眉山上二叠纪的玄武岩悬崖、洛阳香山白居易墓边的倾斜岩层、U 形山谷以及回春谷。①

黄公望②在中国南方长大，短暂为官后成了一位道长、诗人、音乐家与画家。据说，黄公望建议"在皮囊里放一支画笔"，提醒学生抬头"看那云彩有山顶的模样"。③黄公望所作的纸本绘画《富春山居图》是中国最有名的画作之一。一三四七年的一个夏日午后，黄公望从家向外望去，花了一整天的时间完成《富春山居图》的基本构图。随后又花了三年时间才完成。此画用墨淡雅，散发出浓郁的自然气息。画中的景色不是特别狂野或富有魅力，却具有一种识别度高的质朴力量。《富春山居图》的主题与禅学推崇的"平常心"不谋而合，对万物心怀慈悲，谦以为律。

自明朝起，中国城市人口不断增加。绘画有助于人们保留对大自然的热爱，但久而久之，很多作画的人从未真正涉足山

---

① Joseph Needham. *Science and Civilization in China III*, pp. 593−597.
② 黄公望（1269—1354），元朝画家，别号大痴道人，"元四家"之首。
③ James Cahill. *Hills Beyond a River*（New York：Weatherhill, 1976）.

川，作品的拥有者也是终身无缘亲见山河的人。后来的画家王翚 [①] 不但对历史上所有绘画技法都极为精通，而且对自然的观察力极为敏锐。在王翚临摹巨然与燕文贵的山水画中，随着墨色渐淡，丘陵、山坡慢慢与海相连，海与雾糅合在一块，水雾缥缈，风起云涌，气韵横生，隐约让我们想起中国画的起源，又仿佛带我们回到了矿物与水循环的源头。中国绘画历经数变，但万变不离其宗——气韵生动、骨法用笔、应物象形。

---

① 王翚（1632—1717），清朝画家，人称"清初画圣"，与同时代的王时敏、王鉴、王原祁并称为"四王"，后加入吴历、恽寿平，世称"清六家"。

境无止境，

蘸墨落笔；

挥毫于点，

提笔展卷。